KB114614

鵬붕정대연歌가

붕정대연가(鵬程大戀歌) 8

임영기 新무협 판타지 소설

초판 1쇄 찍은 날 § 2021년 7월 7일
초판 1쇄 펴낸 날 § 2021년 7월 14일

지은이 § 임영기
펴낸이 § 서경석

총괄팀장 § 노종아
편집책임 § 신나라
디자인 § 스튜디오 이너스

펴낸곳 § 도서출판 청어람
등록번호 § 제387-1999-000006호
등록일자 § 1999. 5. 31
어람번호 § 제2-2877호

주소 § 경기도 부천시 부일로 483번길 40 서경B/D 3F (우) 14640
전화 § 032-656-4452 팩스 § 032-656-4453
http://www.chungeoram.com
E-mail § chungeorambook@daum.net

ISBN 979-11-04-92359-3 04810
ISBN 979-11-04-92299-2 (세트)

도서출판
청어람
8
임영기 新 무협 판타지 소설
Cover illust A4
붕정대연가
ANTASTIC ORIENTAL HEROES

鵬 붕정대연가

목차

第七十八章

동방남매

실내의 공기는 급속도로 냉각됐다.

동방해룡 명령 한마디면 그 즉시 이곳은 전쟁터로 변해 버릴 것이다.

동방해룡 뒤에 일렬로 서 있는 남녀 다섯 명씩 열 명의 고수들은 하나같이 손으로 어깨의 검파를 잡은 채 동방해룡의 명령을 기다리고 있다.

동방해룡 정도의 실력자라면 이 자리에서 수백 장 바깥의 수하들에게 천리전음으로 명령을 내릴 수 있다.

그러나 동방해룡은 이미 열 호흡이 지나도록 명령을 내리지 못하고 있다.

여동생 동방도혜가 죽어가고 있는 일을 차치하고서라도 진검룡과 민수림, 부옥령 등이 너무도 평온한 모습이라서 공격 명령을 내리지 못하고 있다.

진검룡 등이 저토록 평온하다는 것은 무언가 믿는 데가 있기 때문일 것이다.

동방해룡이 봤을 때 여동생 동방도혜를 일초식에 쓰러뜨린 부옥령은 진검룡과 민수림의 수하 같은데 무위가 절정고수급이었다.

부옥령이 그 정도라면 진검룡과 민수림은 그보다 훨씬 고강할 것이라는 뜻이다.

동방해룡이 부옥령하고 일대일로 싸운다고 해도 이긴다고 장담하지 못한다.

동방해룡은 검천십이류 중에서 검천삼류다. 여동생 동방도혜와 같은 검천삼류지만 급이 다르다.

검황천문 내에는 검천삼류가 삼십여 명쯤 되고 그들을 상중하로 나누는데 동방해룡은 상급에 속한다. 동방도혜는 그에 비해서 반 수 정도 아래다.

그런 동방해룡이 부옥령하고 싸워서 승리를 장담하지 못하는 상황인데 부옥령 뒤에 진검룡과 민수림이 태산처럼 버티고 있는 것이다.

만약 지금 동방해룡이 공격 명령을 내리지 못한다면 시기를 놓치고 말 것이다.

그렇게 되면 지금 상황에서 수세에 처해 영웅문에게 끌려 다닐 수밖에 없다.

사실 동방해룡은 두 개의 목적을 갖고 왔다. 검천태제 양무와 정향을 되찾아 가는 것은 그의 목적, 아니, 태문주의 명령에 들어 있지 않았다.

목적 하나는 영웅문을 괴멸시키는 것이고 다른 하나는 영웅문을 괴멸시킨 후에 항주에 새로운 방파나 문파를 검황천문 항주지부로 만드는 일이다.

말하자면 더 이상 시끄럽지 않도록 항주일대를 깨끗하게 정리해 놓고 오라는 것이다.

검황천문 수뇌부는 동방해룡과 동방도혜가 이끄는 최정예 삼백여 명만으로 영웅문을 충분히 괴멸시킬 수 있을 것이라고 예상했다.

지난번 영단강전투 때 검황천문이 대패했으나 검황천문 전체 세력으로 치면 삼 푼 정도에도 못 미친다.

그 정도로 검황천문은 거대하다. 그와 반대로 영웅문은 신생 문파로서 미미한 세력이다.

이번에 동방해룡이 이끌고 온 고수들은 지난번 영단강전투 때 고수들하고는 수준이 다르다.

그렇지만 결국 동방해룡은 우선 동방도혜를 살리는 쪽으로 결정을 내렸다.

아니, 살리겠다고 결정을 한다고 해서 그녀를 살릴 수 있을 것이라고 생각하지 않았다.

그는 아까 민수림이 한 말을 믿지 않았다. 민수림은 제자리에 앉아서 꼼짝도 하지 않았는데 어떻게 동방도혜의 상태를 알 수가 있다는 말인가.

다만 동방해룡이 봤을 때 동방도혜의 상태가 매우 위중할 것이라고 짐작했다.

동방해룡은 정중하지만 그 속에 약간의 명령조를 깔고 진검룡에게 말했다.

"그녀를 살펴봐도 되겠소?"

그러자 부옥령이 차갑게 대꾸했다.

"감히 문주께 직접 여쭙는 것이냐? 너는 그럴 자격이 없으니 내게 물어라."

진검룡은 부옥령이 호법인 양 행동을 하는 것을 내버려 두었다. 그녀가 꽤나 잘하고 있으며 한편으로는 그러는 것이 귀엽기도 했다.

동방해룡의 눈썹이 확 꺾였다. 그는 참을성이 많은 사람이지만 부옥령의 언행은 그의 속을 뒤집어놓았다.

"나를 너무 심하게 핍박하는 것이 아니오?"

"그럴 만하니까 하는 것이다."

부옥령은 당당한 자세로 팔을 쭉 뻗어 동방해룡을 가리키며 준엄하게 꾸짖듯이 말했다.

"너 정도는 그 무엇으로도 나를 능가하지 못한다. 믿지 못하겠으면 시험해 봐도 좋다. 그렇기 때문에 내가 너를 능멸하는 것은 당연하다."

"당신이 감히……."

"덤벼라. 내가 일초식에 너를 쓰러뜨리지 못하면 네가 원하는 것을 들어주마."

동방해룡은 부옥령이 동방도혜를 단 일초식 만에 죽음 직전의 상태로 몰아넣은 것을 보고는 그녀의 실력을 어느 정도 짐작했지만 자신을 일초식에 쓰러뜨릴 정도는 아니라고 생각했다.

아니, 그는 여동생 동방도혜와 전적으로 수준이 다르기 때문에 부옥령과 팽팽하게 싸워서 이길 수 있을 것이라고 막연하게 예상했다.

그러나 한 번 더 생각해 보니까 어쩌면 자신이 부옥령을 이기지 못할 수도 있을 것 같았다.

세상일이란 모든 것에, 그리고 언제라도 반대급부라는 것이 있게 마련이다.

동방해룡이 부옥령을 이길 수도 있지만 반대로 패할 수도 있다는 뜻이다.

이기면 다행이지만 패할 경우에는 돌이킬 수 없는 상황에 처하고 말 것이다.

그때 진검룡이 조용히 말했다.

"됐다."

부옥령이 공손히 물러나서 진검룡 옆에 섰다.

그 행동은 그녀가 하늘 높은 줄 모르고 날뛰고 있지만 진검룡에게는 절대적으로 복종한다는 뜻이다.

진검룡이 태사의에 깊숙이 몸을 묻은 자세로 동방해룡을 응시하며 말했다.

"너희들은 아무도 돌아가지 못하고 내 명령 없이는 아무것도 하지 못한다."

동방해룡은 흠칫하며 진검룡을 쳐다보았다.

"무슨 뜻이오?"

진검룡은 빙그레 웃었다.

"말 그대로다. 너희들은 모두 포로다."

동방해룡은 어이없다는 표정을 지었다가 피식 웃었다.

"허헛! 나를, 아니, 우리를 모두 제압할 수 있다고 생각하는 것인가?"

그의 말투가 조금 변했다.

"어려운 일이 아니라고 본다."

동방해룡은 두 팔을 벌리고 웃었다.

"하하하! 우리뿐이라고 생각하는가?"

"본문 주변에 은둔해 있는 삼백여 명을 말하는 것이냐?"

진검룡은 이미 수하의 보고를 받았으며 거기에 대해서 명령을 해두었다.

"……."

동방해룡은 등 한복판을 창으로 푹! 찔린 것 같은 표정을 지으며 움찔했다.

그는 설마 진검룡이 그 사실을 알고 있으며, 그러면서도 조금도 놀라거나 염려하지 않는 듯한 표정을 짓는 모습에 적잖이 놀랐다.

"너는 그들로 본문을 어떻게 할 수 있을 것이라고 믿고 있는 것이냐?"

말과 함께 진검룡은 눈앞의 벌레를 날려 보내는 것처럼 손을 가볍게 내저었다.

"우습구나."

파파팍…….

"음……."

보이지 않는 무형의 순정강기 몇 줄기가 뿜어져서 동방해룡의 마혈을 제압했다.

쿵!

그가 쓰러지자 뒤에 서 있는 열 명의 고수들이 급히 그의 주변으로 모여들며 검을 뽑았다.

차차창!

"전주!"

백호전 고수 다섯 명은 동방해룡을 돌보거나 날카롭게 주위를 경계하고 주작전 여고수 다섯 명도 동방도혜를 보살피거나 경계했다.

그러나 영웅문 사람들은 제자리에서 한 발자국도 움직이지 않고 지켜보기만 했다.

검황천문 백호전과 주작전 고수들이 동방남매를 살펴보았지만 손을 쓰지 못하고 속수무책이다.

백호전 고수 즉, 백호고수가 동방해룡의 마혈을 풀려고 했으나 그는 고통스러운 신음을 흘리면서 온몸을 부들부들 격렬하게 떨었다.

"흐으으… 그만해라……."

진검룡이 민수림에게 배운 특수한 점혈수법을 전개했기 때문에 백호고수가 풀지 못하는 것은 당연하다.

점혈수법의 방식대로 풀지 않으면 당사자가 온몸이 갈가리 찢어지는 극심한 고통을 맛보게 된다.

동방해룡은 바닥에 누워서 비지땀을 흘리며 꼼짝도 못 하고 신음만 흘리고 있지만 백호고수들은 안타까운 표정만 지을 뿐 아무것도 하지 못했다.

동방도혜를 살펴보고 있는 주작고수들은 백호고수들보다 더욱 참담한 표정이다.

주작고수들은 동방도혜의 맥이 거의 끊어져 간다는 것과 극히 미약한 심장박동만 겨우 감지했을 뿐이다.

"전주, 돌아가시면 안 됩니다……."

검황천문 주작전 부전주인 여고수가 동방도혜의 손목을 통해서 자신의 거의 전 공력을 주입하면서 안타깝게 기도하듯이 중얼거렸다.

"제발… 깨어나십시오……."

다른 주작고수들도 동방도혜 주위에 무릎을 꿇고 간절하게 빌었다.

그녀들은 더 이상 경계 같은 것을 하지 않았다. 그래 봐야 소용이 없다는 사실을 깨달았다.

부옥령이 진검룡에게 공손히 전음을 보냈다.

[주인님, 처리는 제게 맡겨주십시오.]

진검룡은 그녀의 딱딱한 말투가 마음에 들지 않아서 전음으로 대꾸했다.

[말 좀 곱게 해라.]

부옥령은 흠칫했다. 그러나 산전수전 경험이 풍부한 그녀가 진검룡의 말뜻을 모를 리가 없다.

부옥령은 바로 지금이 자신이 점수를 딸 수 있는 매우 중요한 순간이라고 생각했다.

자신이 비록 일대일 대결에서 패하여 진검룡의 여종이 됐지만 여기에서 잘하면 호법으로 승격할 수도 있을 것 같다는 생각이 들었다.

부옥령은 자신이 할 수 있는 한 최대한 공손하고 사근사근 그리고 요염하게 다시 말했다.

[주인님, 이 일을 천첩에게 맡겨주시면 이후 목숨을 걸고 주인님께 충성하겠사옵니다.]

여자가 진검룡에게 '천첩'이라고 칭하는 것을 민수림이 싫어하지만 다행히 그녀는 듣지 못했다.

또 하나 다행스러운 것은 진검룡은 여자가 스스로를 '천첩'이라고 하든 뭐라고 하든 호칭 같은 것은 대수롭지 않게 여긴다는 점이다.

[그래라.]

진검룡의 목소리에 흡족함이 배어 있음을 감지한 부옥령은 신바람이 나서 다시 앞으로 나섰다.

그녀는 두 발을 약간 넓게 벌리고 두 손을 허리에 얹고는 오만한 자세로 말했다.

"모두 무릎을 꿇어라."

검황천문 열 명의 고수들은 움찔 경계하면서 부옥령을 쳐다보았다.

영웅호위대주 옥조가 진검룡을 쳐다보았다.

진검룡이 보일 듯 말 듯 가볍게 고개를 끄떡이

자 옥조가 영웅호위대 고수들에게 전음으로 명령했다.

[공격 준비.]

부옥령이 옥조와 영웅호위대에게 그러지 말라는 뜻으로 고개를 가볍게 가로저어 보이고 나서 백호고수와 주작고수들에게 말했다.

"지금부터 내가 셋을 셀 동안 무릎을 꿇지 않으면 가차 없이 죽이겠다."

그러나 열 명의 백호고수와 주작고수들은 일어나서 작은 원을 형성하여 동방남매를 보호하면서 날카롭게 눈을 번뜩일 뿐이지 굴복하지 않았다.

마혈이 제압된 동방해룡은 조금 전에 자신이 누구에게 무슨 수법으로 당했는지도 모르는 상태에서 쓰러졌기에 그 충격이 너무나 컸다.

삼백여 명의 우두머리인 자신과 여동생이 이토록 허무하게 당했는데 수하들은 더 말할 것도 없다. 우두머리도 없으니 싸우자마자 지리멸렬할 것 같았다. 그는 또다시 어려운 결정을 해야만 하는 상황에 놓였다.

동방해룡은 누운 채 참담한 표정으로 입을 열었다.

"모두 꿇어라."

"전주!"

"왜 그러십니까?"

수하들이 놀랐지만 동방해룡으로선 어쩔 도리가 없다. 그는 눈을 감고 다시 명령했다.

"무기를 버리고 무릎 꿇어라."

수하들은 더없이 착잡한 표정을 지었으나 하나둘 무기를 버리고 바닥에 무릎을 꿇었다.

영웅문 외문팔당 전원은 가족들이 거주하는 영웅사문을 통해 바깥으로 나가서 영웅문을 포위하고 있는 검황천문 삼백여 명의 백호, 주작전 고수들을 외곽에서 포위했다.

그리고 내문사당 전원이 공격에 대비하여 만반의 태세를 갖추고 있다.

외문팔당과 내문사당에서 지금 당장 싸울 수 있는 인원이 총 천이백여 명인데 모두 이번 싸움에 동원됐다.

총원 천오백여 명 중에서 나머지 인원들은 외근을 나가거나 총무전 휘하의 상단(商團)의 일로 상선을 타고 있다.

진검룡의 계산으로 영웅문 천이백여 명이 안팎에서 검황천문 백호, 주작고수 삼백여 명을 협공하는 작전이면 무조건 승리할 수 있다.

영단강전투 때 큰 충격을 받은 진검룡이 영웅문 휘하 전원을 고강하게 만들기 위해서 전력으로 몰아붙이고 있는 덕분에 영웅문은 매우 빠른 속도로 강해지고 있다.

영웅문은 영단강전투 때보다 약 이 성(成)쯤 강력해졌다.

이 상태로 반년 정도만 지나면 예전에 비해서 절반 정도 더 강해질 수 있지만 싸움이라는 것은 시도 때도 없이 벌어지는 법이다.

검황천문이 반년 쯤 기다렸다가 공격해 오면 멋지게 붙어보 겠는데 그럴 리가 없다.

*   *   *

부옥령은 검을 바닥에 놓고 무릎을 꿇은 백호고수와 주작 고수 열 명을 굽어보며 옥조에게 말했다.

"제압해요."

옥조는 진검룡이 엷은 미소를 지으며 고개를 끄떡이는 것 을 보고 영웅호위대 고수들에게 명령했다.

"제압해라."

부옥령이 진검룡을 향해 몸을 돌리고 공손히 두 손을 앞에 모았다. 말은 하지 않았지만 이제 어떻게 할 것이냐고 묻는 것이다.

진검룡은 동방해룡에게 오른손을 뻗고 공력을 일으켜서 무형지기를 발출한 후에 그의 뒷덜미를 살짝 잡고는 끌어당기는 손짓을 했다.

스스으으…….

그러자 동방해룡이 바닥에 등을 대고 누운 자세에서 진검룡에게 스르르 미끄러져 갔다.

그 광경을 보고 민수림과 부옥령을 제외한 모든 사람들이 크게 놀랐다.

민수림과 부옥령은 적잖이 감탄했지만 얼굴에는 엷은 미소만 떠올랐다.

가장 놀란 사람은 끌려가는 당사자인 동방해룡이다. 지금 진검룡이 전개하고 있는 수법은 접인신공(接引神功)이며 공력이 오 갑자 삼백 년에 이르러야지만 전개할 수 있는 상승수법이다.

당연한 일이지만 동방해룡은 접인신공을 전개, 아니, 흉내조차 내지 못한다.

그만이 아니라 검황천문 검천이류 정도 돼야만 접인신공을 전개하는데 그렇다면 놀랍게도 영웅문주는 검천이류 수준이라는 뜻이다.

그렇지만 동방해룡의 짐작은 틀렸다. 진검룡은 접인신공에 전력을 다하지 않았고 육 성 정도의 공력만 발휘했다.

옥조를 비롯한 영웅호위대 고수들은 진검룡의 접인신공을 보면서 크게 감탄하는 동시에 그가 몹시 자랑스러워 어깨를 으쓱거렸다.

스으으…….

진검룡은 자신의 발 앞에 이른 동방해룡의 몸을 빙글 돌리면서 일으켜 앉는 자세를 취하게 하고 자신과 마주 보게 했다.

"으으……."

동방해룡은 자신과는 사뭇 격이 다른 진검룡을 보면서 부르르 몸을 떨었다.

진검룡이 동방해룡을 보면서 엷은 미소를 지으며 나직한 목소리로 말했다.

"너는 두 가지 길을 선택할 수 있다."

동방해룡은 커다랗게 뜬 두 눈을 깜빡거리지도 않은 채 진검룡을 응시했다.

하지만 그는 암흑 속에서 한 줄기 빛을 발견한 것 같은 심정이 되었다.

"첫째, 너희 삼백여 명이 이곳에서 우리와 싸우다가 모두 죽는 것이다."

동방해룡은 한 차례 눈을 깜빡거렸다. 진검룡과 부옥령의 무위를 보고 나서 생각해 보니까 자신과 여동생을 비롯한 삼백여 명의 백호, 주작고수들로는 영웅문을 괴멸시키지 못할 것 같았다.

검황천문에서는 영웅문을 시골구석에서 제법 위세를 떨치고 있는 그저 그런 문파 정도로 평가하고 있는데 그것은 철저한 오산이었다.

착잡한 표정을 짓는 동방해룡 귀에 진검룡의 목소리가 흘러들었다.

"둘째, 너희 삼백여 명 모두 살아서 이곳을 떠나는 것이다."

동방해룡의 선택은 생각할 것도 없이 두 번째다. 그러나 진검룡이 쉽게 살려줄 리가 없다. 분명히 무슨 까다로운 조건이 있을 것이다.

동방해룡은 어눌한 목소리로 물었다.

"둘째의 조건은 무엇이오?"

"없다. 그냥 가면 된다."

동방해룡은 이해할 수 없다는 표정을 지었다.

"어째서 우리를 살려주는 것이오?"

"검황천문과 적대하기 싫다."

동방해룡의 귀에는 그 말이 무척이나 솔직하게 들렸다. 진검룡이 여태까지 굉장한 무위와 위엄을 보여준 이후라서 의기양양하게 거만을 떨 만한데도 그런 말을 한다면 그것은 솔직함이라고 봐야 한다.

그렇지만 사실은 새빨간 거짓말이다. 지금 진검룡의 솔직한 심정은 동방남매를 비롯한 백호, 주작고수 삼백여 명을 깡그리 죽여서 영웅문이 호락호락하지 않다는 사실을 검황천문에게 똑똑하게 알려주는 것이다.

하지만 그렇게 할 경우 영웅문 휘하 고수와 무사가 최소 오백에서 최대 칠, 팔백 명까지 죽을 수 있다.

그것으로 영웅문은 일패도지하여 재활하기 어려운 지경에 처하고 만다.

뿐만 아니라 치열하게 싸우게 될 장소가 영웅문이므로 싸우면서 입게 될 인적 물적 피해는 고스란히 영웅문이 떠안아야만 한다.

게다가 백호, 주작고수 삼백여 명이 도주하느라 이리저리 산지사방으로 튀어 다니면서 발악을 하면 애꿎은 백성들이 피해를 입을 수도 있다.

그런 것들을 봤을 때 이쯤에서 동방남매를 비롯한 백호, 주작고수들을 놓아주는 것이 좋다.

그렇지만 약한 모습을 보이면 안 된다. 모조리 잔인하게 죽일 수도 있는데 자비를 베풀어서 살려주는 것처럼 보이는 것이 좋다.

진검룡은 점잖게 말했다.

"어쩌겠느냐?"

동방해룡은 무거운 신음을 토했다.

"음… 두 번째를 선택하겠소."

"알았다."

"다른 조건은 없는 것이오?"

동방해룡은 순순히 살려서 보내준다는 사실이 믿어지지 않는 모양이다.

"없다. 가라."

동방해룡은 손가락 하나 움직이지 못하는 상태에서 비참한 표정으로 말했다.

"음… 혈도를 풀어주시오."

다음 순간 진검룡이 슬쩍 손을 휘젓자 그는 목과 턱, 어깨 부위가 뜨끔뜨끔하면서 혈도가 풀리는 것을 느꼈다.

그는 비틀거리면서 일어나 진검룡을 마주 보고 섰다.

그때 부옥령이 지풍을 발출하여 백호, 주작고수 열 명의 마혈을 모두 풀어주었다.

그녀의 수법이 얼마나 빠르고 깔끔하며 정확한지 모두들 감탄을 터뜨렸다.

백호고수들은 일어났지만 주작여고수들은 동방도혜 옆에 무릎을 꿇고 앉아 침통한 표정이다.

주작전 부전주가 동방해룡에게 금방이라도 울 것 같은 얼굴로 말했다.

"백호전주님, 우리 전주님은 어쩌면 좋습니까?"

동방해룡은 착잡하게 말했다.

"안아라. 가자."

부전주가 동방도혜를 안으려다가 찢어지는 듯한 비명을 터뜨렸다.

"아앗! 전주!"

동방해룡이 즉시 다가가서 동방도혜의 손목을 잡고 맥을 짚어보더니 착잡하게 중얼거렸다.

"가자."

부전주는 동방도혜를 안으려다가 그녀의 심장박동이 정지한 걸 깨닫고 비명을 질렀다.

하지만 동방해룡이 확인해 보니까 맥이 매우 흐릿했으나 뛰기는 뛰고 있었다.

동방해룡의 목울대가 꿀렁거렸다. 그는 오열이 터지려는 것을 간신히 참았다.

그가 세상에서 가장 사랑하는 사람이 있다면 여동생 동방도혜다.

그다음이 아내와 자식 순서다. 그럴 수밖에 없는 이유는 남매의 불우한 어린 시절에 있다.

이들 남매는 검황천문 태문주인 동방장천(東方長天)의 적자(嫡子)가 아니다.

즉, 동방장천의 첫 번째 부인인 정실이 낳은 자식이 아니라 둘째 부인 즉, 첩이 낳은 서자(庶子)라는 뜻이다.

그랬기에 이들 남매는 성장하면서 적자인 이복형제들에게 많은 설움을 받았고 그것이 남매의 우애를 더욱 돈독하게 만들어주었다.

동방도혜도 말할 것 없이 오라비 동방해룡을 좋아한다. 하지만 그녀가 정말 목숨을 바칠 정도로 사랑하는 남자는 따로 있다.

동방해룡이 착잡한 표정으로 몸을 돌려 입구로 걸어갈 때 진검룡이 조용한 목소리로 말했다.

"그녀를 살릴 수 있다면 너는 무엇을 할 수 있느냐?"

동방해룡은 뚝 걸음을 멈추고 뒤돌아보지 않은 채 가라앉은 목소리로 대답했다.

"만약 악마가 여동생을 살려준다면 나는 악마의 종이 될 수도 있소."

진검룡은 동방해룡을 영웅문 휘하로 거두는 것도 의미 있는 일이라고 생각했다.

"내가 그녀를 살려준다면 어쩔 테냐?"

동방해룡은 천천히 돌아서 진검룡을 향해 우뚝 섰다.

"그렇게만 해준다면 당신의 종이라도 되어 죽을 때까지 충성하겠소. 하지만 지금 당신이 말장난을 하는 것이라면 목숨을 걸고서 당신과 싸우겠소."

동방해룡으로서는 지푸라기라도 잡고 싶은 심정이지만 진검룡이 조롱하는 것이라면 사생결단 싸울 생각이다.

"너, 약속했다."

"그렇소."

진검룡은 일어나서 입구로 걸어갔다.

"여동생을 데리고 따라와라."

동방해룡은 여동생을 안고 진검룡을 따라갔다.

그는 진검룡이 동방도혜를 살릴 수 있을 것이라고 믿지 않지만 어쩌면 살릴 수도 있지 않을까 하는 가느다란 희망을 품고 있다.

동방도혜는 침상에 눕혀 있으며 침상 옆 의자에 진검룡이 앉아서 그녀의 손목을 잡고 있다.

동방해룡은 진검룡 옆에 그리고 부옥령이 두 걸음 뒤에 우뚝 서 있다.

동방도혜는 이미 죽은 것이나 다름이 없는 상태였다. 동방해룡이 그녀를 안고 이 방으로 오면서 확인했을 때 그녀의 맥은 뛰지 않았었다.

하지만 동방해룡보다 공력이 약 이백 년 높은 진검룡

은 그녀의 맥이 매우 미약하게 뛰고 있는 사실을 감지
했다.

진검룡은 지체 없이 동방도혜의 손목으로 심후한 순정기를
주입시켰다.

동방해룡은 진검룡이 어떻게 하는지 지켜보기로 했다. 설
사 그가 동방도혜를 살리지 못한다고 해도 그를 책망할 생각
은 추호도 없다.

그러나 만에 하나 진검룡이 동방도혜를 살린다면, 그런 말
도 안 되는 기적이 일어난다면 동방해룡은 그를 죽을 때까지
신처럼 떠받들고 살아도 될 것이라고 생각했다.

예전에 동방해룡은 여느 자식들처럼 아버지인 검황천문 태
문주를 신처럼 여기고 살았었다.

그런데 어느 날 그의 실체를 알고 나서는 존경을 깡그리 버
리고 경멸하게 되었다.

진검룡이 동방도혜를 살리는 일은 결코 일어나지 않을 것이
라는 사실을 동방해룡은 잘 알고 있다. 그러므로 진검룡을 신
처럼 떠받들 일도 일어나지 않을 것이다.

결국 동방해룡은 여동생이 죽을 것이라는 생각에 참
고 참았던 슬픔이 가슴 깊숙한 곳에서부터 치밀어 올랐
다.

여동생을 잃으면 천하와 그의 인생 모든 것을 잃는 것이라
는 생각이 들자 눈물이 차올랐다.

그때 동방도혜는 갑자기 정신이 확 들어서 눈을 번쩍 떴다.

눈을 크게 뜬 그녀는 제일 먼저 자신을 굽어보고 있는 동방해룡을 발견했다.

"오라버니……."

동방해룡은 여동생이 자신을 부르는 목소리를 들었지만 헛소리라고 생각했다.

절대로 그런 일이 일어날 수 없을 것이기 때문이다. 또한 그의 두 눈에 가득 차오른 눈물 때문에 그녀의 모습이 보이지 않았다.

동방도혜는 상체를 일으키려다가 자신의 손목을 잡고 있는 진검룡을 발견하고 움찔 놀랐다.

"네놈은?"

그 순간 동방도혜는 앞뒤 생각할 것 없이 왼손으로 진검룡에게 냅다 일장을 갈겼다.

"죽어랏!"

그러나 그녀는 다음 순간 날카로운 비명을 지르며 온몸을 세차게 부르르 떨었다.

"아악!"

진검룡이 잡고 있는 손목을 통해서 그녀의 체내에 강력한 공력을 주입했기 때문이다.

부옥령은 동방도혜에게 일장을 발출하려다가 정지

했다.

동방해룡은 눈에 가득 고인 눈물을 급히 주먹으로 훔치고 나서 눈을 껌뻑거리며 동방도혜를 쳐다보았다.

"혜아……."

그의 눈에는 몽둥이에 한 대 맞고 온몸을 바들바들 떠는 개구리 같은 동방도혜의 모습이 가득 들어왔다.

진검룡은 동방도혜의 손목을 놓고 일어서며 동방해룡에게 설명하듯이 말했다.

"너도 봤지만 이 녀석이 공격해서 할 수 없이 혈도를 제압해 두었다."

"아아……."

동방해룡의 귀에는 진검룡의 말이 들어오지 않았다. 찢어질 듯이 부릅뜬 그의 눈에는 오로지 동방도혜가 침상에 길게 뻗어서 바들바들 떨고 있는 모습만 보일 뿐이다.

동방해룡은 여동생을 덥석 안으며 부르짖었다.

"혜아!"

"오라버니……."

동방해룡에게 안긴 동방도혜는 어깨 너머로 부옥령을 발견하고는 눈을 한껏 크게 떴다.

그러면서 그녀는 자신이 부옥령과 일장을 겨루다가 어느 순간 정신을 잃었던 일을 기억해 냈다.

"아……."

진검룡이 태연하게 말했다.

"네가 여동생에게 설명을 하고 나서 그녀의 혈도를 풀어주도록 하겠다."

第七十九章

최정예고수 삼백이십육 명

실내에는 동방남매 두 사람만 탁자에 마주 앉아서 대화를 나누고 있다.

두 사람의 얼굴은 어느 때보다도 진지하고 심각했다.

동방해룡은 동방도혜가 혼절한 이후에 벌어진 일들에 대해서 자세히 설명하고 나서 마지막으로 말했다.

"나는 그를 주인으로 모시겠다고 약속했다."

"오라버니……."

동방도혜는 소스라치게 놀랐다가 잠시 후에 착잡한 표정을 지었다.

"저 때문에 그런 약속을 했군요······."

동방해룡은 더없이 진지한 표정을 지었다.

"그것 때문만은 아니다."

동방도혜는 의아한 표정을 지었다.

"다른 이유가 있나요?"

동방해룡은 시선을 닫혀 있는 창으로 던졌다.

"우린 이복형제와 혈육들에게 너무 많은 고통을 당했다."

동방도혜는 그가 무슨 말을 하는지 알고서 얼굴 가득 씁쓸한 표정이 떠올랐다.

"저는 한순간도 그 일을 잊지 못해요."

그녀는 입술을 잘근잘근 깨물었다.

"제가 세상에서 가장 잔인하게 죽이고 싶은 인간들이 바로 그들이에요······!"

동방해룡이 두 손으로 동방도혜의 두 손을 잡고 뜨거운 표정을 지었다.

"혜아, 우리 이곳에 몸을 의탁하자."

"오라버니······."

"나는 검황천문에 있는 것이 오물통에 들어가 있는 것보다 더 괴롭다."

"저도 그래요."

동방도혜가 안쓰러운 표정으로 물었다.

"하지만 어머니와 오라버니 가족은 어떻게 하죠?"

"그건……."

이들 남매를 낳아준 모친 그리고 혼인을 한 동방해룡의 아내와 자식들이 검황천문에 있다.

아니, 정확하게 말하자면 검황천문 밖의 사가(私家)에서 살고 있다.

어머니가 정실부인이 아니고 동방해룡이 적자가 아니기 때문에 검황천문 밖 남경성에서 살고 있는 것이다.

"그자가 어머니와 오라버니 가족을 받아줄까요?"

동방해룡은 이제부터 자신들의 몸을 의탁하게 될 진검룡을 여동생이 '그자'라고 호칭하는 것이 마음에 들지 않았지만 입밖에 내지 않았다.

"물어봐야겠다."

동방도혜는 방금 동방해룡의 표정이 미미하게 변한 것을 놓치지 않았으며 그가 왜 그랬는지도 알아차렸다.

"그럼 그를 뭐라고 부르죠?"

"그것은 나중에 생각하자."

동방해룡은 동방도혜의 손을 잡은 채 그녀를 주시하면서 물었다.

"혜아, 어떻게 하겠느냐?"

동방도혜는 즉답했다.

"저는 오라버니 뜻에 따르겠어요."

동방해룡은 밝은 표정을 지었다.

"그러겠느냐?"

"저는 딸린 가족도 없이 저 혼자예요."

"너를 따르는 수하들은 어쩌겠느냐?"

"원하면 제 휘하에 계속 두겠어요."

동방해룡은 씁쓸하게 중얼거렸다.

"우린 그의 종이 될 텐데 종의 신분으로 수하를 거느릴 수 있겠느냐?"

동방도혜 얼굴에 짙은 그늘이 깔렸다.

"저 때문에 오라버니까지……."

그녀를 살리는 일이 아니었으면 자존심 강한 동방해룡이 적의 우두머리의 종이 되겠다고 자청했을 리가 없다.

또한 그가 그랬을 정도라면 그 당시에 얼마나 절박했는지 짐작할 수가 있다.

입장을 바꿔서 만약 동방해룡이 다 죽어가고 있었다면 동방도혜 역시 같은 행동을 취했을 것이다.

그 정도로 이들 남매는 서로를 끔찍이 위하고 또 좋아하고 있다.

"수하들 문제는 없던 일로 하자. 다만 그를 만나서 가족과 함께 살고 싶다고 부탁해 보자."

"알았어요."

동방남매는 영웅호위대 고수의 안내를 받아 쌍영웅각에 있는 진검룡을 만나러 갔다.

쌍영웅각 휴게실에는 진검룡과 민수림이 마주 앉아 있고 부옥령, 청랑이 두 사람 뒤에 서 있다가 동방남매를 맞이했다.

동방남매가 탁자 옆에 와서 나란히 서서 두 손을 앞에 모으고 공손한 자세를 취하자 진검룡이 먼저 그들을 쳐다보지도 않은 채 입을 열었다.

"가도 된다."

동방남매는 의아한 표정을 지었다.

동방해룡이 공손히 물었다.

"무슨 말씀이십니까?"

종으로서의 공손한 말투다.

"아까 너와 한 얘기는 신경 쓰지 않아도 된다."

"저는 약속을 했습니다."

"개의치 마라. 그냥 떠나도 된다."

동방해룡의 표정이 복잡하게 변했고 동방도혜도 같은 표정을 지었다.

두 사람은 다른 사람들이 이해하기 어려울 만큼 서로 마음이 상통한다.

그렇기에 이들 남매는 표정만이 아니라 지금 내심으로 같은 생각을 하고 있다.

"이유를 물어봐도 되겠습니까?"

진검룡이 동방해룡을 처음으로 쳐다보았다.

"너는 꽤 괜찮은 사내다. 그런 사내를 약속이라는 핑계로 발을 묶어두고 싶지 않다."

동방남매의 얼굴에 살짝 격앙된 표정이 떠올랐다가 금세 사라졌다.

진검룡은 동방남매에게서 시선을 거두고 찻잔을 들었다.

"포위망을 열어주라고 지시했으니까 너희 수하들을 데리고 떠나도록 해라."

동방해룡은 이렇게 멋진 사내를 지금까지 한 번도 본적이 없다.

처음 만났을 때부터 진검룡은 줄곧 여러 충격적인 모습을 보여서 놀라게 하더니 이제는 공명정대함마저 내비쳐서 감탄하게 만들고 있다.

무림에서는 이런 사내를 가리켜서 대장부라고

한다.

그러자 동방남매가 서로의 얼굴을 한 번 보고는 동시에 그 자리에 무릎을 꿇고 납작하게 부복하며 외쳤다.

"저희를 거두어주십시오!"

진검룡은 살짝 눈살을 찌푸렸다.

"가라고 하지 않았느냐?"

동방해룡은 단단한 목소리로 목소리를 높였다.

"당신의 수하가 되겠습니다."

"수하?"

"목숨을 바쳐서 충성하겠습니다!"

"하하하! 너희는 어제까지 충성했던 아버지와 형제들을 적으로 삼을 수 있겠느냐?"

"할 수 있습니다."

"그래?"

부옥령이 진검룡에게 전음을 보냈다.

[주인님, 이들은 동방장천의 서자입니다. 첩의 자식이죠.]

천하 어딜 가나 첩의 자식은 인간 축에도 끼지 못하고 개, 돼지나 다름없는 취급을 당한다.

진검룡은 부복하고 있는 동방남매를 잠시 굽어보다가 조용한 목소리로 말했다.

"그러면 네 수하들은 어찌하겠느냐?"

"저희를 따르는 자들은 거두려고 합니다."

진검룡은 고개를 끄떡였다.

"그러도록 해라."

"그리고……."

동방해룡이 고개를 들고 조금 난감한 표정을 지었다.

"말해라."

"제 어머니를 모셔 오고 싶습니다."

"당연히 그래야지."

진검룡이 흔쾌히 허락하자 동방남매 표정이 밝아졌다.

"너희는 혼인했느냐?"

동방해룡이 공손히 대답했다.

"저만 혼인했고 여동생은 하지 않았습니다."

"자식은 있느냐?"

"아들과 딸 둘 있습니다."

"그렇다면 모친만 데려오고 아내와 자식들을 데려오지 않을 생각이냐?"

"……."

동방해룡은 말을 하지 못하고 고개를 숙였다.

"이유가 있느냐?"

"폐가 될 것 같아서……."

진검룡은 어이없는 표정으로 자신을 가리켰다.

"나한테 말이냐?"

"그렇습니다."

진검룡은 버럭 고함을 질렀다.

"이놈아! 가족도 지키지 못하는 놈이 내 수하가 되겠다고 껄떡거리는 것이냐?"

그의 고함 소리에 동방남매 둘 다 적잖이 놀라면서 감동한 표정으로 그를 쳐다보았다.

"너희가 너희를 따르는 수하들을 데리고 내 사람이 되고 난 후에 검황천문에 남아 있는 네 가족들은 어떤 신세가 될 것 같으냐?"

"……."

동방해룡은 대답하지 못했다. 대답을 듣지 못하더라도 그의 가족이 검황천문에게 어떤 고초를 겪을지 충분히 짐작할 수 있는 일이다.

심할 경우 검황천문이 가족들에게 중벌을 내릴 수도 있고 가벼운 벌이라고 해도 살아 있는 것이 원망스러운 처지가 될 것이 분명하다.

그것을 뻔히 예상하면서도 아내와 자식들을 데려오겠다는 말을 하지 못한 것은 동방남매의 요구 조건이 많아서 너무 미안했기 때문이다.

동방해룡이 조심스럽게 말했다.

"당신께서 허락하신다면 수하를 보내서 가족을 데려오고 싶습니다."

"허락한다."

"고맙습니다!"

"그럼 저희를 거두어주시는 겁니까?"

진검룡은 의젓하게 고개를 끄떡였다.

"그러마."

동방남매는 펄쩍 뛰듯이 일어섰다가 다시 정중하게 부복하며 외쳤다.

"속하들이 주군을 뵈옵니다!"

"일어나라."

동방남매는 영웅호위대 고수의 안내를 받아 영웅문 담 밖으로 수하들에게 갔다.

동방남매는 영웅문 고수들이 겹겹이 포위하고 있는 광경을 보고는 혀를 내둘렀다.

만약 진검룡이 자비를 베풀지 않았더라면 동방남매 휘하의 백호, 주작고수들은 전멸당하고 말았을 것이다.

동방남매는 백호, 주작고수 삼백여 명을 이끌고 영웅문 내의 어느 넓은 마당으로 향했다.

한 시진 후에 동방남매가 다시 진검룡을 찾아왔다.

두 사람은 어떤 새로운 난관에 직면하여 고뇌하는 표정이 역력했다.

진검룡은 그들이 어째서 저런 난감한 표정을 짓고 있는지 짐작했다.

예전의 진검룡이라면 천방지축 아무것도 몰랐겠지만 지금은 수많은 수하들을 거느리고 일문을 이끌고 있는 지존이다 보니까 웬만한 것들은 자연스럽게 터득하게 되었다.

민수림은 그에게 무공만 가르쳤으며 일문의 지존이 갖추어야 할 덕목 같은 것은 경험을 통해서 자연적으로 습득하도록 내버려 두었다.

덕목이라는 것은 어느 한 개인이 오랜 세월 동안 켜켜이 쌓아가는 것이지 누가 가르치고 그걸 습득한다고 해서 되는 일이 아니기 때문이다.

아직 얕은 물이지만 하루에 수십 개의 각기 다른 여러 종류의 일들을 처리하고 결재하며 또한 적게는 수십 명 많게는 수백 명을 만나고 있는 진검룡에게도 제 나름의 경륜과 덕목이라는 것이 차츰 쌓여가고 있다.

"무슨 일이냐?"

나란히 선 동방남매는 대답하지 못하고 쭈뼛거렸다. 말하기가 워낙 염치없는 일이기 때문이다.

그들이 무엇 때문에 고민하는지 짐작하고 있는 진검룡이 먼저 얘기를 꺼냈다.

"수하가 몇 명이나 너희를 따른다더냐?"

"그게……"

백호, 주작고수들은 검황천문 다른 전의 고수들과는 다르게 충성심이 매우 강하다.

어디 정붙일 곳이 없는 동방남매가 수하들을 각별히 아끼면서 잘 이끌었기 때문이다.

사실 아까 동방남매가 삼백여 명의 수하들에게 모든 상황을 자세히 설명한 후에 자신들과 함께 영웅문에 남을 사람은 나오라고 했을 때 백호, 주작고수 합쳐서 겨우 삼십여 명만 앞으로 나왔었다.

크게 실망한 동방남매에게 앞으로 나서지 않은 수하들이 사정을 설명했다.

자신들은 동방남매에게 죽도록 충성하여 같이 영웅문에 남고 싶지만 검황천문이 남경에 있는 가족들에게 보복을 할 것이라서 걱정된다는 것이다.

동방해룡 자신도 조금 전까지 가족 때문에 전전긍긍했었는데 수하들 역시 가족이 있다는 사실을 잠시 망각하고 있었던 것이다.

수하들은 가족만 해결되면 무조건 동방남매를 따르겠다고 입을 모았다.

그래서 동방남매는 진검룡에게 그 부탁을 하려고 온 것인데 차마 수하들의 가족들까지 다 데려오고 싶다는 말을 하지 못하고 전전긍긍했다.

그들의 내심을 어느 정도 짐작한 진검룡이 짐짓 넌지시 운을 뗐다.

"너희 가족을 비롯하여 수하들의 가족들은 어떤 방법으로 데려오는 것이 좋겠느냐?"

"아……."

그의 느닷없는 말에 정곡을 찔린 동방남매가 크게 놀랐다.

진검룡은 빙그레 미소 지었다.

"가족들을 데려오는 데 총력을 기울일 테니까 아무런 염려하지 마라."

"주군……."

동방해룡은 가슴이 먹먹해지고 목이 콱 잠겨 버려서 말을 잇지 못했다.

진검룡은 청랑에게 지시했다.

"총무장과 외문총관을 불러와라."

청랑이 부리나케 달려 나갔다.

진검룡은 잔잔한 미소를 지으며 말했다.

"총무장과 외문총관하고 잘 의논하도록 해라."

동방남매는 수하들의 가족 얘기는 말도 꺼내기 어려웠는데 진검룡이 알아서 다 손을 써주니까 고마워서 뭐라고 할 말이 없었다.

*　　　　*　　　　*

"전멸당하는 것으로 해달라고?"

"그렇습니다."

진검룡이 묻자 동방남매는 공손히 고개를 숙였다.

"쥐새끼든 날아다니는 새든 누군가 보고 듣는 자가 있을 것입니다. 그자들이 검황천문에 전서구로 보고를 할 테니까 이목을 속일 필요가 있습니다."

영웅문 내에는 첩자가 없다고 장담할 수 있지만 담장 밖까지는 장담할 수 없는 상황이다.

동방해룡 말이 옳다. 첩자는 천하 어디에도 있는 법인데 항주 더구나 영웅문 근처에 검황천문의 첩자가 없다면 말이 되지 않을 것이다.

진검룡은 고개를 끄떡였다.

"그런 다음에 가족들을 빼내겠다는 거로군."

"그렇습니다."

동방남매는 자신들이 아니라 남경성에 남아 있는 가족들을 위해서 연극을 하자는 것이다.

하지만 그러자면 영웅문 전 고수들이 동원되어 한바탕 큰일을 벌여야만 하니까 쉽게 결정할 일이 아니다.

그러므로 웬만한 문파나 방파의 일파지존 같으면 이런 상황에 일언지하에 거절하는 것이 다반사다.

"알았다."

그런데 진검룡은 생각해 보지도 않고 허락했다.

"감사합니다."

동방남매는 기쁜 마음에 넙죽 허리를 굽혔다. 두 사람은 어쩌면 진검룡이 이 일을 허락할지도 모른다고 예상했는데 과연 맞았다.

"푸닥거리 후에 연회를 열자."

"네?"

동방남매는 의아한 표정으로 진검룡을 바라보았다. 푸닥거리는 백호, 주작고수들이 영웅문 고수들에게 가짜로 전멸당하는 과정을 말하는 것인 줄 짐작하겠는데 연회는 왜 연다는 것인지 몰랐다.

"연회를 왜……."

진검룡은 껄껄 웃었다.

"너희 삼백여 명이 저승으로 떠났는데 잘 가라고 배웅을 해 줘야지 않겠느냐?"

"아……."

동방남매는 벙긋 미소를 지었다.

살금살금…….

영웅문 고수들과 백호, 주작고수들이 각자 원래 있던 자리 즉, 담 밖의 은둔처와 포위망으로 최대한 몸을 숙인 채 고양이들처럼 되돌아갔다.

영웅문 고수들이 영웅문 담 밖을 매우 넓게 포위하고 있으므로 외부인들은 접근조차 하지 못했다.

그 안에서 하늘이 놀라고 땅이 들썩거리는 굉장한 싸움, 아니, 전투가 벌어졌다.

영웅문 서쪽 옥황산에 어스름 석양이 물들고 있을 때 영웅문 안팎에서 요란하게 병장기들이 부딪치는 소리와 애간장을 끊는 듯 처절한 비명 소리가 요란하게 터져 나왔다.

콰차차차창!

"흐아악!"

"끄으악!"

요란한 기합 소리와 비명 소리는 끊어지지 않고 반시진이나 계속됐다.

반시진 후에 싸움이 끝나고 비명 소리는 더 이상 터져 나오지 않았다.

영웅문 고수들이 포위망을 풀고 행인들의 통행을 허락하자 영웅문 전문 앞 대로와 담장 밖의 길로 사람들이 다시 다니기 시작했다.

영웅문 주변으로 지나가는 사람들은 대규모 싸움 직후에 벌어져 있는 끔찍한 참상을 똑똑히 목격할 수 있었다.

영웅문 전문 앞이나 담 밖 풀밭 나무숲 여기저기에는 피투성이 시체 수백 구가 어지럽게 흩어지거나 쌓여 있는 끔찍한 광경이다.

영웅문 고수들과 무사들, 하인들이 총동원되어 시체들을 옮기면서 두런두런 나누는 말에 의하면 검황천문 백호전과 주작전 고수 삼백여 명이 습격해서 전멸했다는 것이다.

영웅문 고수도 꽤 죽었지만 검황천문만큼은 아니라고 했다.

구경꾼들이 웅성거리면서 구름처럼 모여들었지만 영웅문 사람들은 그들을 쫓지 않았다.

시체들을 영웅문 안으로 모두 옮긴 후에 하인들이 몰려나와서 싸움이 벌어진 곳에 물을 뿌리며 청소를 했다.

시뻘건 핏물이 작은 냇물을 이루어 장항천으로 흘러들었으며 구경꾼들은 진한 피 냄새를 맡고는 진저리를 치면서 헛구역질을 해댔다.

영웅문과 검황천문 백호, 주작고수들은 몸에 묻은 돼지 피를 말끔히 씻어내고 새 옷으로 갈아입었다.

이들은 아까 싸움을 가장하면서 제 몸이나 상대의 몸에 돼지 피를 묻히고 바르면서 웃음을 참아가며 처절하게 비명 소리를 내질렀었다.

영웅문 외문팔당과 내문사당은 자신들의 부서에서 연회가 베풀어질 것이다.

오늘 밤은 영웅문 전체가 연회를 여는 날이다.

쌍영웅각의 넓은 대전에 임시연회장이 마련됐다.

삼백여 명이 한꺼번에 모두 앉을 만큼의 탁자를 모으고 펼치는 일이 오래 걸릴 것이기 때문에 임시로 바닥에 수십 군데에 넓은 천을 펼치고 그 위에 요리와 술을 차렸으며 십여 명씩 둘러앉았다.

비록 그런 상황이지만 차려진 요리들이 워낙 눈이 번쩍 떠질 정도로 고급스러워서 보는 사람들로 하여금 군침이 절로 돌게 만들었다.

수십 명의 하녀들이 부지런히 오가면서 요리를 차리고 술을 날랐다.

상이 다 차려지자 대전 안쪽 단상에서 진검룡이 일어나 좌중을 둘러보면서 말문을 열었다.

"다들 저승에 잘 다녀왔느냐?"

실내 여기저기에서 와하하! 하고 웃음이 터져 나왔다.

백호, 주작고수들이 전원 죽은 것으로 꾸몄다가 돼지 피를 씻어내고 새 옷을 갈아입었으니까 그것을 죽어서 저승에 다녀온 것이라고 표현한 것이다.

진검룡이 일어서니까 합석하고 있던 민수림과 총무장 유려, 그리고 동방남매도 따라 일어섰다.

동방해룡이 두 손으로 정중하게 진검룡과 민수림을 가리키면서 소개했다.

"영웅문주와 태문주이시다!"

동방남매가 진검룡과 민수림을 향해 공손히 포권을 하면서 허리를 굽히며 외쳤다.

"우린 두 분을 주군으로 모셨다!"

동방해룡이 포권을 풀고 단 아래의 백호, 주작고수들을 굽어보며 우렁차게 외치듯 말했다.

"너희들이 나를 믿는다면 내 눈을 믿어라! 나는 이날까지 주군 같은 대장부를 본 적이 없다!"

진검룡은 면전에서 칭찬을 듣자니까 얼굴이 뜨거웠지만 잠자코 있었다.

동방해룡의 말이 이어졌다.

"자고로 무인은 자신을 알아주는 주군을 위해서 목숨을 바치는 법이다!"

검황천문의 최정예는 이각사전(二閣四殿)이며 사전의 두 곳이 백호전과 주작전이다.

그런데 그 두 개 전의 최정예 고수 삼백여 명이 영웅전을 괴멸시키라는 명령을 받고 와서는 모두 이곳 쌍영웅각 대전에 모여 있다.

만약 이들이 영웅문 휘하가 된다면 예상하지 못한 큰 힘을 얻게 될 터이다.

백호, 주작고수들 중에서 검황천문 동방일가하고 친인척으로 맺어진 사람은 한 명도 없다.

이들은 누군가의 소개나 추천으로 검황천문에 들어온 이후 수많은 싸움과 전투를 거쳐서 차곡차곡 신임과 전적을 쌓아 올려서 오늘날의 지위에 이른 것이다.

검황천문에 대한 어느 정도의 충성심과 자랑스러움은 있지만 동방남매에 대한 충성심에는 미치지 못한다.

그러나 그 충성심으로도 해결하지 못하는 것이 있다. 이들 모두 녹봉을 받아서 가족들이 생활을 이어가기 때문에 돈에 매여 있다고 할 수 있다.

제아무리 충성심이 높더라도 모름지기 인간에게는 의식주를 해결하는 것이 첫 번째 목표다.

과연 천하 무림에서 돈에 묶이지 않고 자유롭게 활동할 수 있는 무인이 몇 명이나 될까.

몇몇 소수의 조직을 제외하고는 무림의 모든 문파와 방파에서 가장 상위에 올라앉아 있는 것이 바로 돈이다. 그리고 그 아래 충성심 따위가 죽 나열되어 있는 것이다.

지금 동방남매는 제이급인 충성심에 대해서 말하고 있다.

동방남매는 몇 시진 전에 이미 수하들에게 자신의 입장에 대해서 자세한 설명을 했었다.

그래서 수하들은 동방남매를 따라서 영웅문에 들어오기로 한 사람도 있고 남경에 남아 있는 가족 때문에 그러지 못하는 사람들이 있는 형편이다.

동방해룡이 말을 이었다.

"너희들의 가족들을 한 사람도 빠짐없이 모두 데려오기로 주군께서 약속하셨다!"

아직 그 말을 듣지 못했던 수하들은 크게 놀라서 여기저기에서 술렁거렸다.

총무장 유려가 진검룡과 민수림에게 공손히 포권을 하고는 앞으로 나섰다.

유려는 단하를 한 차례 둘러보고 나서 차분하게 가라앉은 목소리로 말문을 열었다.

"내일 이른 아침에 남경성에 나가 있는 본문의 선단(船團)이 남경성 포구를 출발할 예정이에요. 그러니까 여러분이 지금 각자의 가족에게 저간의 사정을 담아서 간곡한 서찰을 쓴다면 그것을 전서구로 남경성 본문 지부에 보내어 밤새 가족들을 선단에 옮길 수 있을 거예요."

좌중은 바늘 떨어지는 소리마저 들릴 만큼 고요했다.

가족들에게 서찰을 써야 하며 동시에 가족들이 충분히 납득할 수 있는 내용을 적어야만 한다.

"다음은 여러분의 녹봉에 대한 애기예요."

그때 좌중의 한 사람이 급히 손을 번쩍 들고 말했다.

"혹시 방금 말씀하신 것은 우리더러 지금 가족에게 보내는 서찰을 쓰라는 것입니까?"

"그래요. 만약 가족이 서찰을 믿지 않을 것 같은 사람은 직접 남경성에 가도 돼요."

"어… 떻게 말입니까?"

"오늘 밤에 이곳 항주를 출발하는 본문의 배를 타고 가면 될 거예요."

"그러면 언제 남경에 도착합니까?"

"이틀 후에 도착합니다."

"그… 렇습니까?"

"그러니까 가족들이 믿을 수 있도록 최대한 정성껏 서찰을 쓰는 것이 훨씬 좋습니다."

서찰을 잘 써서 가족이 믿으면 내일 이른 아침에 가족들이 모두 영웅문 선단의 배를 타고 남경성을 출발할 것이지만, 직접 가면 이틀 후에 도착하므로 가족들은 이틀 늦어질지 아니면 그보다 더 늦어질지 모르는 일이다.

삼백여 명의 백호, 주작고수들은 벌써 머릿

속으로 어떻게 서찰을 쓸까 생각하느라 분주했다.

진검룡은 유려가 말하려고 하는 것을 제지하고 동방남매에게 지시했다.

"지금 서찰을 쓰게 하라."

동방남매는 허리를 굽히고 즉시 단하로 달려 내려갔다.

진검룡은 민수림의 손을 잡아 자리에 앉히고 자신은 그 옆에 앉았다.

"그동안 우린 한잔합시다."

반시진 후에 정확하게 이백오십칠 개의 서찰이 앞에 마련된 통 속에 모아졌다.

서찰을 쓰지 않은 사람들은 혈혈단신으로 걱정할 가족이 없는 사람들이다.

일찌감치 서찰을 쓴 사람들은 주거니 받거니 술잔을 기울였고 글재주가 없어서 늦도록 서찰을 붙잡고 있던 사람들은 붓을 내려놓으면서 이마의 땀을 닦았다.

진검룡과 민수림은 단하의 고수들처럼 바닥에 앉아서 술을 마시고 있다.

유려가 일어나서 단상 끝으로 걸어가 말문을 열

었다.

"서찰 다 냈나요?"

중인은 모두 포권을 하면서 고개를 숙여 보였다. 이곳에서 소리를 지르면 안 되는 줄 아는 것이다.

유려가 한 손을 들어 보였다.

"자, 이번에는 여러분이 가장 중요하게 여기는 녹봉에 대해서 말하겠어요."

좌중이 조용해졌다. 사실 가족을 데리고 오는 것만큼 중요한 일이 녹봉이다.

이들 모두는 검황천문에서도 최정예로 손꼽히는 이각 사전 중에 사전 소속으로 꽤나 후한 녹봉을 받아왔었다.

유려의 조용한 목소리가 이어졌다.

"본문에서는 여러분의 녹봉에 차등을 두지 않을 거예요. 동방해룡, 동방도혜 두 사람을 제외한 삼백이십육 명의 녹봉은 일률적으로 똑같아요."

중인들의 얼굴에 여러 표정이 떠올랐다. 대부분 충격을 받은 표정이며 더러는 불만스러운 또 더러는 안도하는 표정을 짓기도 했다.

"모두 일률적으로 매월 녹봉 은자 이백 냥을 지급하겠어요."

"허엇!"

"억?"

백호, 주작고수들은 크게 놀라서 여기저기에서 외침성이 터져 나오고 놀란 나머지 벌떡 일어나는 사람도 여러 명 있다.

이들의 검황천문에서의 녹봉은 은자 열 냥이었다. 은자 한 냥에 구리돈 오십 냥이므로 은자 열 냥이면 구리돈 오백 냥이라는 큰돈이다.

주루에서 맛있는 요리를 배부르게 먹어도 은자 한 냥을 넘는 경우가 드물기 때문에 은자 열 냥으로 일가족이 생활하는데 부족함이 없었다.

그런데 영웅문에서는 열 냥의 무려 이십 배인 은자 이백 냥을 녹봉으로 준다고 하니까 모두들 자신들의 귀를 의심할 정도로 경악했다.

아니.

경악보다는 잘못 들었을 것이라고 생각했다.

그들이 검황천문에서 한 달 녹봉으로 은자 열 냥을 받은 것을 다른 문파와 방파 사람들이 다 부러워했었다.

그리고 그들 자신도 그게 많이 받은 것이라는 사실을 알고 있었다.

그런데 영웅문에서는 은자 이백 냥을 녹봉으로 주겠다니

잘못 들은 것이 분명하다.

그게 아니라면 그 말을 한 저기 얼굴 반반하고 늘씬한 여자는 필경 정신이 나갔을 것이다.

第八十章

선풍당(旋風堂)과 한매당(寒梅堂)

모두를 대표하여 동방해룡이 유려에게 물었다.

"방금 뭐라고 말씀하셨습니까?"

유려는 흔들림 없이 차분하게 다시 말해주었다.

"당신들 두 사람을 제외하고 삼백이십육 명 모두에게 매월 녹봉으로 은자 이백 냥씩을 지급한다고 말했어요."

좌중 여기저기에서 짱돌로 뒤통수를 찍힌 듯한 묵직한 신음 소리가 흘러나왔다.

"으음……."

"맙소사……."

"말도 안 된다……."

두 번씩이나 잘못 들었을 리가 없다. 유려는 분명히 두 번이나 똑같이 녹봉으로 은자 이백 냥을 주겠다고 말했다.

동방해룡이 확인하는 차원에서 유려에게 물었다.

"혹시 제 녹봉은 얼마로 책정됐습니까?"

유려는 살짝 미소 지었다.

"은자 오백 냥입니다."

"아……."

동방해룡은 날카로운 비수로 심장을 찔린 듯한 표정을 지으며 신음을 흘렸다.

동방남매를 비롯한 백호, 주작고수들 모두 잘못 들은 것이 아닌 게 분명하다.

이번에는 동방도혜가 억눌린 듯한 목소리로 물었다.

"저는 얼마죠?"

유려는 동방해룡을 가리켰다.

"이분과 같아요."

동방남매의 매월 녹봉은 수하들보다 두 배하고도 반이나 더 많다.

동방남매가 진검룡을 쳐다보니까 그는 민수림과 담소를 나누면서 미소 짓는 얼굴로 술잔을 나누고 있어서 이쪽에는 전혀 신경을 쓰지 않고 있었다.

동방도혜가 조심스럽게 물었다.

"혹시… 우리만 특별히 대우하시는 건가요?"

유려는 손으로 자신의 가슴을 지그시 눌렀다.

"제 녹봉은 은자 칠백 냥이에요. 제 직책은 총무장이며 외문총관과 내문총관하고 같은 직급이에요. 제가 알기로 당신들은 본문의 당주급 녹봉이에요. 본문의 당주들은 일률적으로 모두 은자 오백 냥을 녹봉으로 받고 있어요. 그러니까 당신들만 특별히 대우하는 것은 아니에요."

"아……."

이들만 특별 대우를 해주는 것이 아니다. 영웅문에서는 휘하의 사람들을 귀하게 여기는 것이 분명하다.

잠시 후에 동방해룡은 유려에게 정중히 포권을 했다.

"잘 알겠습니다."

그는 단하의 수하들을 가리켰다.

"저들과 잠시 얘기를 해보겠습니다."

동방남매는 단하로 내려가 백호, 주작고수들 한가운데 서서 말을 시작했다.

"어떠냐?"

동방해룡의 말에 백호전 부전주가 은근히 말했다.

"전주께서 영웅문을 떠나시겠다고 하시면 결사적으로 만류하겠습니다."

백호, 주작고수들은 힘차게 고개를 끄떡였다.

백호, 주작고수들 중에서 영웅문 휘하가 되지 않겠다는 사람은 한 명도 없었다.

동방남매가 단상의 계단 아래에 나란히 서고 그 뒤에 삼백이십육 명의 백호, 주작고수들이 일어나 단상을 향해 당당하게 섰다.

동방해룡이 우렁차게 외쳤다.

"주군! 속하들의 절을 받으십시오!"

동방남매를 비롯한 삼백이십육 명이 단상을 향해서 일제히 부복하며 절을 올렸으나 아무도 입을 열지 않고 부스럭거리는 소리만 났다.

진검룡과 민수림은 일어나서 단상 앞쪽으로 걸어 나왔다.

진검룡이 묵직한 목소리로 말했다.

"일어나라."

모두들 우르르 일어섰다.

진검룡은 모두를 둘러보면서 의젓하게 말했다.

"반갑다!"

백호, 주작고수들 표정이 뭉클함으로 변했다.

"마음껏 마셔라!"

백호, 주작고수들은 환호성을 터뜨리고 싶은 것을 겨우 참고 있는 듯한 모습이다.

그때 백호고수 한 명이 용감하게 물었다.

"저희 가족은 어디에서 살게 됩니까?"

"제가 설명하겠어요."

유려가 대신 나섰다. 그녀는 영웅문 서쪽에 있는 거대한 대지 위에 세워진 영웅사문에 대해서 간략하고도 상세히 설명했다.

그녀의 설명이 끝나자 좌중에서 작은 환호성과 탄성이 와르르 쏟아져 나왔다.

천하에 영웅문 같은 문파는 그 어디에도 없다.

문파와 붙은 곳에 문하고수들의 가족들이 모여서 이룬 마을 같은 것이 어디에 존재하겠는가.

더구나 집을, 그것도 새로 지은 크고 튼튼하며 근사한 집에 넓은 텃밭과 배까지 딸려 있으며, 식량을 비롯한 생필품 전량을 공급해 주는 문파가 어디에 있다는 말인가.

유려가 말한 대로라면 영웅문에 딸린 마을 영웅사문은 무릉도원이나 다름이 없다.

"그렇다면 그곳이 무릉도원이라는 말씀입니까?"

백호고수 중 한 명이 큰 소리로 물었다.

진검룡은 담담하게 말했다.

"그곳은 그저 영웅사문일 뿐이다."

진검룡은 두둑한 녹봉보다는 남아의 뜨거운 웅심으로 새로운 세상을 만들어보자는 말을 하고 싶었지만 참았다.

그가 봤을 때 최소한 영웅문 휘하 대부분의 사람들은 그런 웅심으로 뭉쳐 있다.

그렇기에 이들도 그리 오래지 않아서 그렇게 될 것이라고 믿었다.

　진검룡과 민수림은 이 층으로 자리를 옮기면서 동방남매를
데리고 올라갔다.

　청랑이 앞서고 부옥령이 뒤따르는데 부옥령은 처음 와보는
곳이다.

　진검룡일행은 이 층 연회실로 들어갔다.

　연회실 안에는 커다란 둥근 탁자가 있는데 그곳에 여러 명
이 둘러앉아 있다가 일제히 일어섰다.

　진검룡은 민수림을 앉게 하고 그 옆에 서서 말했다.

　"모두 앉아라."

　실내에 있던 영웅문 외문과 내문의 간부급들
이 소리를 내지 않으면서 조용히 자리에 앉았
다.

　진검룡은 옆에 선 동방남매를 모두에게 소개했다.

　"오늘부터 본문 외문에 속하게 될 동료다. 인사해라."

　그때 저만치 자리에 앉아 있는 한 사람이 벌떡 일어나서 말
없이 문 쪽으로 급히 걸어갔다.

　진검룡은 그가 훈용강임을 알았으나 급한 일 때문이겠거니
여겨서 내버려 두었다.

　그러나 다음 순간 동방도혜가 그를 보며 떨리는 목소리로
급히 외쳤다.

"용강 가가!"

훈용강은 멈추지 않고 뒤돌아보지도 않으며 계속 문으로 빠르게 걸어갔다.

그 순간 진검룡은 어떻게 된 일인지 깨달았다.

작년 가을에 훈용강은 검황천문 탈혼부에 제압되어 끌려가고 있었는데 그걸 진검룡이 구했었다.

그때 훈용강은 자신이 검황천문에 끌려가는 이유를 말했었는데 검황천문 태문주의 셋째 딸이 자신을 사랑하기 때문이라는 것이었다.

그런데 이제 보니까 동방도혜가 태문주의 셋째 딸이다.

어떻게 이런 우연이 있을 수 있다는 말인가.

훈용강은 진검룡과 함께 들어온 동방도혜를 발견하고는 황급히 도망치고 있는 것이다.

그러나 진검룡은 짐짓 모른 체했다. 자고로 남녀 문제라는 것은 민감하기 때문에 제삼자가 관여하는 게 아니라고 생각하기 때문이다.

그런데 동방도혜가 급히 훈용강을 따라 달려갔다.

"용강 가가! 기다려요!"

"혜아!"

동방해룡이 불렀지만 동방도혜는 듣지 못한 듯 훈용강을 붙잡으려고 달려갔다.

이래서는 일이 더욱 복잡해질 것 같다는 판단이 서자 진검룡이 훈용강을 불렀다.

"용강."

훈용강이 주군의 명령을 거역할 수는 없기에 그 자리에 뚝 멈추었다.

그는 뒤돌아보지 않았지만 진검룡을 원망하는 듯한 어깨의 떨림이 보였다.

그렇지만 진검룡으로서는 일이 이렇게 된 이상 참견할 수밖에 없게 되었다.

"이리 와라."

슥—

훈용강은 돌아섰다가 다가오는 동방도혜와 두 걸음 거리를 두고 딱 마주쳤다.

훈용강을 바라보는 동방도혜의 두 눈에는 이미 눈물이 가득 고여 들었다.

"가가……."

훈용강은 그녀를 힐끗 보고는 와락 인상을 쓰면서 지나쳐 진검룡에게 걸어왔다.

진검룡은 자신이 나서지 않으면 이 일이 골치 아파질 것 같은 직감을 받았다.

"앉게."

훈용강이 자리에 앉는 것을 보고 진검룡은 동방도혜에게

전음을 보냈다.

[나중에 따로 두 사람만의 자리를 마련해 줄 테니까 지금은 가만히 있어라.]

동방도혜는 훈용강을 보면서 입술을 깨물더니 곧 눈물을 닦고는 진검룡 옆에 와서 동방해룡과 나란히 섰다.

같이 따라 들어온 유려가 동방남매가 누구이며 앞으로 당주로서 함께 지내게 될 것이라고 모두에게 소개했다.

동방해룡과 동방도혜가 차례로 자신들의 이름을 밝히고 정중히 포권을 했다.

외문총관 겸 총당주인 풍건이 제일 먼저 일어나서 포권을 하며 인사했다.

"나는 영웅문 외문총관이자 곤산당주인 풍건이오."

동방남매는 예전에 그와 일면식이 있었기에 그가 강소성 남쪽지방의 다섯 패자인 오산파 중에 곤산파 장문인이라는 사실을 한눈에 알아보았다.

동방남매를 비롯한 대다수 검황천문 사람들은 곤산파 장문인 곤산기검 풍건이 죽은 것으로 알고 있었다.

곤산파가 검황천문에 씻지 못할 대죄를 지어서 검천사자가 이끄는 고수들에게 멸문당했는데 그때 풍건도 죽은 것으로 알려져 있기 때문이다.

동방해룡은 복잡한 표정을 지었다.

"장문인께선 돌아가신 것이 아니었습니까?"

풍건은 씁쓸한 표정을 지으면서 진검룡을 두 손으로 가리키며 말했다.

"작년 겨울에 검황천문은 나더러 주군을 죽이라는 명령을 내렸소."

"아⋯⋯."

동방남매는 적잖이 놀라는 표정을 지었다.

동방남매는 물론이고 검황천문 간부급들도 까맣게 모르던 은밀한 일이 풍건의 입에서 흘러나오고 있다.

"나는 본파의 고수 이백여 명을 이끌고 주군을 죽이러 갔다가 도리어 백여 명의 수하들을 잃고 죽을 지경에 처했었는데 결국 주군께서 목숨을 구해주신 후에 주군에게 심신으로 굴복하여 수하가 되었소."

"그런 일이⋯⋯."

"주군께선 맹목적으로 검황천문에 대적하시는 것이 아니셨소. 검황천문으로부터 항주를 독립시키려고 고군분투하시는 중이셨소."

동방해룡은 고개를 절레절레 가로저었다.

"우린 그런 사실을 전혀 몰랐습니다. 단지 항주의 영웅문이 반도(叛徒)라고만 알고 있었습니다."

"본파가 주군을 죽이지 못했다는 이유로 검황천문은 본파를 멸문시키고 나를 잡아 검황천문 뇌옥에 감금시킨 후에 하루도 쉬지 않고 잔인한 고문을 가했었소."

"곤산파를 멸문시키고 고문까지……."

강남무림 남천의 절대자이며 명문정파인 검황천문이 그런 짓을 했다고는 믿어지지 않는 일이다.

검황천문 내부의 거의 모든 사람들이나 천하의 대부분 사람들이 알고 있는 사실은 검황천문은 정의와 협의 그 자체였으니까 말이다.

"주군께서 날 구해주셨소. 뿐만 아니라 주군께선 산지사방으로 도주한 본파의 고수들과 가족들까지 다 거두어 영웅사문에서 살게 해주셨소."

"아……."

동방도혜는 처음부터 계속해서 훈용강을 주시하면서 다른 생각에 골몰해 있느라 풍건이 하는 얘기는 동방해룡 혼자만 들었다.

풍건은 외문칠당과 내문사당 간부급들을 두루 가리키며 말을 이었다.

"여기 있는 사람들은 대부분 항주에 적을 두고 있는 방파나 문파의 수장들이었는데 항주를 스스로 지키려는 일념으로 주군 휘하에 들어왔소."

사람들을 둘러보는 동방해룡의 얼굴에 충격과 착잡함이 복잡하게 떠올랐다.

그는 항주의 영웅문이 나쁜 짓을 일삼기 때문에 괴멸시키라는 단순한 명령만 받았을 뿐이었다.

"그 외 몇 사람은 예전에 검황천문 휘하였거나 원한이 있는 방파와 문파의 수장이었소. 나를 포함한 그들은 주군께 은혜를 입고 휘하가 되었소."

고범과 한림, 훈용강이 그게 바로 자신들이라는 듯 슬쩍 손을 들었다가 내렸다.

뒤를 이어서 한 사람씩 일어나 자신의 이름만을 말하고는 앉았다.

*　　　　*　　　　*

동방남매는 진검룡과 민수림을 비롯한 외문팔당과 내문사당의 당주들, 총무장 등이 술을 마시는 광경을 보고는 놀라움을 감추지 못했다.

술을 마시기 전까지 이 사람들은 매우 정중하고 예의 바르게 행동을 했었다.

그런데 술을 마시기 시작한 이후부터는 서로 간

에 최소한의 예의만을 지키면서 지나칠 정도로 격의 없이 대화하면서 큰 소리로 웃고 떠들며 술을 마셨다.

그러는 것은 진검룡도 마찬가지였다. 아니, 그는 수하들보다 더하면 더했지 절대 못하지 않았다.

손바닥이나 젓가락으로 탁자를 두드리면서 어깨를 들썩이며 노래를 부르는 것은 예사이며 지금은 일어나서 덩실덩실 춤을 추고 있다.

그러면 총당주 당주, 총무장 할 것 없이 우르르 일어나서 손뼉을 치고 두 팔을 휘두르면서 덩실덩실 같이 춤을 추느라 실내는 아수라장이 되었다.

그런데도 동방해룡의 눈에는 전혀 난장판처럼 보이지 않았다. 어지러운 중에도 묘하게 질서가 잡혀 있고 예의범절을 지키고 있었다.

진검룡 등이 고래고래 부르는 노래는 동방해룡도 익히 알고 있는 유명한 싯귀다.

─上天願作比翼鳥 在地願爲連理枝
하늘에선 날개를 짝지어 날아가는 비익조가 되길 원했으며
땅에선 두 뿌리 한 나무로 엉긴 연리지가 되기를 원했노라.
天長地久有時盡 此恨綿綿無節期
하늘 오래고 땅 영원하대도 다할 때 있을 것이로되

이 가슴의 한만은 끊이지 않고 다할 기약이 없으리라.

당나라의 시선(詩仙)인 백거이(白居易)의 장한가(長恨歌)라는
시의 어느 한 대목인데 몇백 년 전부터 노래로 많이 불리고
있다.

진검룡은 이 노래를 현수란에게 배웠다.

그녀가 술 취해서 부르는 것을 보고는 한번 따라
서 불렀더니 다들 멋있다고 엄지손가락을 치켜세웠
다.

십엽당주 현수란은 술이 적당하게 취했는데
때는 이때다 싶어서 진검룡 옆으로 다가와 그
와 어깨동무를 하고는 장한가를 냅다 불러 젖
혔다.

민수림은 자리에 앉아서 규칙적으로 술을 마시면서
진검룡이 노래 부르는 것을 빙그레 미소 지으며 바라보
았다.

술이 적당하게 취한 민수림은 기분이 매우 좋아서 현수란
이 진검룡을 안듯이 어깨동무하고 방방 날뛰면서 노래 부르
는 것을 예쁘게 봐주었다.

노래가 끝나자 진검룡을 비롯하여 모두들 우르르 자신의
자리에 앉았다.

현수란은 처음부터 진검룡 왼쪽에 앉아 있었기 때문

에 지금도 자연스럽게 그의 옆에 앉아서 술 시중을 들었다.

진검룡은 동방해룡에게 물었다.

"너희 두 사람은 본문에서 무엇을 하기를 원하느냐?"

이즈음 동방도혜는 훈용강 바라보는 것을 그만두고 고개를 푹 숙인 채 옷자락만 만지작거리고 있었다.

훈용강이 그녀에게는 눈길 한 번 주지 않고 술만 퍼마시고 있기 때문이다.

동방해룡이 공손히 대답했다.

"저희는 외문의 당을 맡고 싶습니다."

그는 영웅문에 외문팔당과 내문사당이 있다는 설명을 아까 들었다.

진검룡은 고개를 끄떡였다.

"괜찮군."

"저와 여동생이 각각 하나씩의 당을 따로 만들어도 괜찮겠습니까?"

"그래도 된다. 당명은 무엇으로 하겠느냐?"

"그것은 아직……."

동방해룡은 조심스럽게 부탁했다.

"주군께서 저희들의 당명을 지어주십시오."

진검룡은 동방남매를 제외한 모두에게 전음을 보

냈다.

[이들 남매의 별호가 무엇인지 아는 사람은 전음으로 내게 알려다오.]

이런 수법을 통기전음(通氣傳音)이라고 한다.

풍건의 전음이 즉시 왔다.

[동방해룡은 선풍일랑(旋風一浪) 동방도혜는 한매검화(寒梅劍花)입니다.]

진검룡이 동방남매에게 말했다.

"선풍당(旋風堂)과 한매당(寒梅堂)이 어떠냐?"

"아……."

동방남매는 화들짝 놀랐다. 이때는 동방도혜도 놀라서 고개를 들고 진검룡을 바라보았다.

별호로 자신들의 당명을 지을 것이라고는 꿈에도 생각한 적이 없기 때문이다.

진검룡이 넌지시 물었다.

"마음에 들지 않느냐?"

"아… 아닙니다! 전혀 예상하지 못했던 당명이라서 너무 놀랐습니다……!"

동방해룡이 화들짝 놀라서 두 손을 마구 저었다.

동방남매는 일어나서 진검룡에게 꾸벅 허리를 굽혔다.

"고맙습니다, 주군."

"유려."

진검룡의 부름에 유려가 일어나서 공손히 허리를 굽혔다.

"이들에게 적당한 전각이 있느냐?"

"있습니다."

"이들이 필요한 것들을 모두 줘라."

"알았어요."

영웅문은 만일에 대비하여 지금 현재도 넓은 부지 곳곳에 부지런히 각양각색의 전각들을 건축하고 있는 중이다.

그때 밖이 시끄러워서 대화가 중단됐다.

그러자 부옥령이 청랑에게 턱짓을 해 보였다.

"나가봐라."

청랑은 찍소리도 못 하고 재빨리 밖으로 달려 나갔다.

영웅문 간부급들은 청랑이 얼마나 고강하고 또 차갑고 독한 성격인지 잘 알고 있다.

그런데 부옥령이 수하를 부리듯이 명령을 하고 청랑이 당연하다는 듯이 달려 나가는 것을 보고는 적잖이 놀라서 부옥령을 쳐다보았다.

모두들 부옥령이 누군지 모르고 있다. 그저께 청검당주 정소천 집에서 술을 마신 사람은 진검룡과 민수림, 현수란뿐이다. 청랑은 호위하는 목적으로 따라갔었다.

실내의 인물들은 옆에 앉은 사람의 얼굴을 보면서 부옥령이 누군지 알고 있는 사람이 있는지 무언중에 찾아보았지만 아무도 모르는 것 같았다.

부옥령을 누님이라고 소개한 청검당주 정소천이 입을 다물고 있으면 아무도 모를 수밖에 없다.

잠시 후에 문이 열리더니 청랑이 강비와 창화개를 데리고 들어왔다.

진검룡과 민수림은 밖에 그들이 온 사실을 이미 알고 있었지만 가만히 있었다.

"주군! 문안드립니다!"

산뜻한 경장 차림인 강비와 창화개는 들어오다가 말고 그 자리에 풀썩 쓰러지듯이 무릎을 꿇으며 이마를 바닥에 대고 절했다.

그러고 보니까 진검룡은 강비와 창화개를 꽤 오랜만에 만나는 것이다.

지난번에 진검룡이 창화개를 수하로 거두면서 영웅문 내에 개방의 분타 같은 당을 하나 만들라고 지시했었는데 그때 이후 처음 만나는 것이다.

"강비, 창화개, 이리 와서 앉아라."

진검룡의 부름에 강비와 창화개는 일어나서 다가

왔다.

현수란은 자리를 뺏길까 봐 단단한 표정을 지었다.

그때 걸어오던 강비와 창화개가 동시에 동방남매를 발견하고는 흠칫 놀라는 표정을 지었다.

강비와 창화개는 아무 말도 하지 않고 얼른 고개를 돌렸지만 동방남매가 누군지 알고 있는 게 분명했다.

진검룡은 갑자기 찾아온 강비와 창화개에게 무슨 일이냐고 묻는 대신에 현수란 옆자리에 앉은 그들에게 대뜸 술부터 부어주었다.

"마셔라."

첫 잔만 부어주자 그다음부터 강비와 창화개는 목마른 사람처럼 연거푸 대여섯 잔을 쉬지 않고 입속에 쏟아부었다.

진검룡은 강비와 창화개가 왜 찾아온 것인지 묻지 않고 민수림과 대화를 했다.

이윽고 술로 갈증을 해소한 강비와 창화개가 일어나서 진검룡에게 다가왔다.

"주군, 드릴 말씀이 있습니다."

"그래."

진검룡이 고개를 끄떡이자 강비와 창화개는 동방남매를 힐끗거리면서 밖으로 나갔으면 하는 표정을 지었다.

진검룡이 턱으로 동방남매를 가리키면서 아예 대놓고 물었다.

"저들에 대한 얘기냐?"

강비가 찔끔해서 어눌하게 대답했다.

"그… 렇습니다."

"괜찮다. 말해봐라."

강비가 머뭇거리다가 용기를 내서 동방남매를 가리켰다.

"저자들은 진일문의 도움으로 항주에 잠입한 것입니다."

"진일문이라고?"

"그렇습니다."

진일문은 예전 항주오대중방파 중 하나였다. 오룡방과 금성문, 비응보는 영웅문 휘하에 들어왔는데 진일문과 보연궁 두 방파만 합류하기를 거부했었다.

그랬는데 그들 중 진일문이 검황천문을 도와서 동방남매의 백호, 주작고수들을 항주로 잠입시켰다는 것이다.

하긴 삼백이십팔 명이나 되는 백호, 주작고수들이 어떻게 감쪽같이 항주를 지나서 전당강 가까이에 위치한 영웅문까지 올 수 있었는지 궁금했는데 그런 일이 있었다.

현재 영웅문은 검황천문과 전쟁 중이다. 항주를 중심으로 이백여 리 일대를 실제 지배하고 있는 영웅문은 백성들로부터 온갖 칭송과 절대적인 지지를 받고 있다.

더구나 영웅문은 하루가 다르게 세력을 키워가고 있으므로 항주를 비롯한 인근의 방파와 문파들이 영웅문에 들어오려고 갖은 노력을 하고 있는 실정이다.

그런데도 진일문과 보연궁은 전혀 그런 내색도 하지 않고 꿋꿋하게 제자리를 지키면서 독야청청하고 있었다.

사실 어떤 조직이 항주에서 영웅문의 영향이나 도움을 받지 않고 순전히 자신들의 능력만으로 존립한다는 것은 매우 어려운 일이다.

영웅문이 항주 내에서 온갖 방면에 손을 뻗치지 않은 곳이 없기 때문이다.

특히 무력(武力)이나 재력(財力), 인력(人力)에서 영웅문의 손길이 닿지 않는 곳이 거의 없을 정도다.

무력이나 인력이 거대해진 것은 영웅문의 급속도로 빠른 팽창 덕분이고 재력은 항주의 상권을 거의 장악하고 있는 십엽루 덕분이다.

영웅문에서는 총무장 유려가 새로 발족한 상단을 꾸려가고 있는데 십엽루의 도움이 절대적이다.

총무장 유려는 영웅문만의 상단을 따로 꾸려 나가려고 하는데 십엽루주이며 십엽당주인 현수란이 전적으로 반대를 하고 있는 실정이다.

왜냐하면 현수란은 십엽루가 영웅문에 귀속되었다고 강력히 주장하기 때문이다.

어쨌든 십엽루가 영웅문의 일개 당이다 보니까 십엽루의 전 재산은 영웅문 것이나 다름이 없다.

그런데도 이제껏 진일문과 보연궁은 영웅문에게 일절 도움을 요구하지 않고 꿋꿋하게 버티고 있는 중이다.

그런 상황에 진일문이 검황천문의 앞잡이 노릇을 했다고 강비가 고해바친 것이다.

진검룡이 자신을 쳐다보자 동방해룡은 얼굴색이 변하지 않고 진중하게 말했다.

"진일문을 밀고하고 싶지 않았습니다."

갑자기 훈용강이 손바닥으로 탁자를 세게 치며 버럭 노성을 질렀다.

탕!

"배신자를 두둔하는 것인가?"

훈용강은 검황천문을 도운 진일문을 배신자라고 일축했다.

동방해룡은 흠칫하고 동방도혜는 크게 당황해서 어쩔 줄을 몰랐다.

동방해룡은 여동생 동방도혜가 훈용강을 목숨을 바쳐서 사랑하고 있다는 사실을 잘 알고 있다.

그는 긴장한 얼굴로 무겁게 말했다.

"우리를 도운 사람을 배신할 수는 없소."

훈용강이 이글거리는 눈빛으로 그를 노려보며 물었다.

"배신자를 배신할 수 없다니! 그러면 지금도 그 생각은 변함이 없는가?"

"그렇소."

탕!

"네놈이 그러고서도 본문의 수하가 되길 원하느냐? 정녕 가증스럽구나!"

훈용강은 탁자를 세게 치면서 벌떡 일어섰다.

그는 동방해룡을 가리키면서 진검룡에게 외치듯이 말했다.

"주군! 속하가 저놈을 죽이도록 허락해 주십시오!"

동방도혜는 얼굴이 하얘졌다.

"용강 가가… 그러지 말아요……."

훈용강은 동방도혜 때문에 마음이 많이 다친 상태에서 술을 마셨고 또 이런 일이 생기자 크게 흥분했다.

분을 풀지 않으면 속이 터져 버릴 것만 같은 심정이다.

모두들 침묵을 지킬 뿐이지 아무도 나서지 않았다. 그렇지만 무거운 침묵 속에는 훈용강을 암묵적으로 지지하는 분위기가 팽배했다.

어느 누구라고 해도 이런 상황에서는 훈용강 편을 드는 것이 정상이다.

동방남매는 검황천문 최정예인 백호전과 주작전 고수 삼백여 명을 이끌고 와서 영웅문을 괴멸시키려고 했었다.

만약 싸움이 벌어졌다면 최종적으로 영웅문이 이겼겠지만 막대한 피해를 입었을 것이다.

큰 피해라면 영웅문의 절반 정도가, 적어도 삼분지 일의 피해를 당하여 존폐의 위기에 직면했을 터이다.

진검룡이 사전에 미리 싸움을 봉쇄할 수 있었던 것이 천만다행이었다.

그래서 훈용강과 중인은 진일문의 배신이 더 뼈아픈 것이고 그것을 감싸고 있는 동방남매를 용서하기 어렵다고 여기는 것이다.

第八十一章

재회

진검룡은 이제쯤 자신이 나설 때가 됐다고 생각해서 앉은 채 동방해룡에게 말했다.

　"해룡, 그 일에 대해서 해명할 생각은 없느냐?"

　"없습니다."

　동방해룡은 생각할 필요도 없다는 듯 즉답했다.

　진검룡은 고개를 끄떡였다.

　"그래?"

　민수림은 술을 마시면서 담담한 표정으로 진검룡을 바라볼 뿐 일절 개입하지 않았다.

　진검룡은 조용한 목소리로 말했다.

"그 일 때문에 네가 어떤 불이익을 당해도 감수하겠다는 뜻이냐?"

그제야 동방해룡의 표정이 복잡하게 변했지만 잠시 후 고개를 숙였다.

"그렇습니다."

표정을 보니까 그는 영웅문에서 내쳐지게 되는 상황까지 각오하는 것 같았다.

진검룡은 그가 그렇게까지 진일문을 옹호하려는 이유가 뭔지 궁금했다.

"너는 진일문과 무슨 관계냐?"

그래서 동방해룡이 진일문과 어떤 특수하거나 긴밀한 관계가 있을지도 모른다는 생각이 들었다.

"아무 관계도 아닙니다."

"그런데 어째서 진일문을 감싸는 것이냐?"

동방해룡은 머뭇거리면서도 말을 하지 않았다.

진검룡이 빙그레 미소 지으며 말했다.

"그렇지만 어차피 진일문이 너희들을 도왔다는 사실을 우리가 알게 됐잖느냐?"

동방해룡은 움찔했다.

"이렇게 됐는데도 진일문을 감싸는 것이 무슨 의미가 있다는 말이냐?"

진검룡의 말이 옳다고 생각한 동방해룡은 고개를 끄떡이고 나서 진중하게 대답했다.

"우리를 도운 것이 진일문이라는 사실을 발설하지 않기로 약속을 했기 때문입니다."

"약속?"

동방해룡은 잠시 뜸을 들인 후에야 각오를 한 듯 말문을 열었다.

"우린 항주에 들어오기 전에 열 명의 백호고수를 보연궁과 진일문으로 보내서 협조를 요청했었습니다."

보연궁과 진일문은 영웅문과 아무런 교류가 없는 과거 항주오대중방파 중 두 방파다.

"백호고수는 각 다섯 명씩 보연궁과 진일문에 잠입하여 각각 궁주와 문주를 암습, 제압한 후에 암암리에 우리를 도울 것을 요구했습니다."

"흠!"

진검룡은 팔짱을 끼고 들었다.

"그들은 우리의 요구를 일언지하에 거부했고 그래서 결국 우리를 돕지 않으면 보연궁주와 진일문주 일가를 모두 죽이겠다고 협박을 했습니다."

이런 자세한 사실은 모르고 있었기에 다들 크

게 궁금해하며 동방해룡의 다음 말에 귀를 기울였다.

"보연궁주는 자신을 비롯한 일가 모두를 죽이라면서 끝까지 버텼지만 결국 진일문주는 조건부로 우리의 요구를 들어주겠다고 굴복했습니다."

진검룡은 뭐가 어떻게 된 것인지 짐작이 갔지만 동방해룡의 말을 자르지 않았다.

"진일문의 조건은 우리가 나중에 일이 잘못되어 영웅문에 제압되더라도 자신들이 우리를 도왔다는 사실을 발설하지 말라는 것이었습니다. 저는 약속을 했습니다. 영웅문에 패할 일은 없을 것이라고 예상했으므로 약속을 지킬 수 있을 것이라고 생각했습니다."

동방해룡을 당장 죽이겠다고 펄펄 날뛰던 훈용강은 거기까지 듣고는 한풀 꺾인 표정을 지었다.

훈용강 자신이 동방해룡 입장이라고 해도 진일문하고 한 약속을 목숨으로 지켰을 것이기 때문이다.

그것은 절대로 동방해룡을 욕할 수 없는 일이다.

목숨을 바쳐서 약속을 지키는 것이야말로 진정한 사내대장부이기 때문이다.

그것은 무림에서 협의와 정의를 행하는 것만큼이나 중요한 일이다.

동방해룡은 씁쓸한 표정으로 말을 맺었다.

"주군께서 하문하셔서 결국 말씀드렸지만 부디 진일문을 용서하시기 바랍니다. 우리가 문주의 가족을 인질로 잡고 협박을 했기 때문입니다."

진검룡은 대답하지 않고 정소천에게 명령했다.

"소천, 지금 즉시 수하를 보내서 보연궁주와 진일문주를 데려오도록 해라."

"명을 받듭니다."

정소천이 벌떡 일어나서 밖으로 달려 나갔다.

진검룡이 진일문주는 물론 보연궁주까지 이곳에 불러다가 대체 어떻게 하려는 것인지 짐작할 수 없기에 동방남매는 초조한 표정을 지었다.

동방해룡이 진검룡에게 조심스럽게 물었다.

"주군, 어쩌시려는 겁니까?"

진검룡은 느긋하게 물었다.

"궁금하냐?"

"궁금합니다."

"그럼 지켜봐라."

진검룡은 일어나면서 두 사람을 불렀다.

"용강과 도혜는 따라와라."

훈용강은 움찔 놀랐고 동방도혜는 바짝 긴장했다.

진검룡은 문을 나서기 전에 중인들에게 말했다.

"마시고 있게."

그런데 동방해룡이 자리에서 일어나 따라 나갔다.

다른 방으로 들어간 진검룡은 의자에 앉아서 앞에 죽 늘어선 훈용강과 동방도혜, 동방해룡에게 누구에게랄 것 없이 불쑥 물었다.

"어떻게 된 것이냐?"

훈용강과 동방도혜는 어디에서부터 어떻게 말해야 할지 몰라서 머뭇거렸다.

그러자 동방해룡이 먼저 훈용강을 가리키면서 말을 꺼냈다.

"삼 년 전에 이자가 여동생을 강간했습니다."

그 말을 듣는 순간 진검룡은 어떻게 된 일인지 대충 짐작하게 되었다.

훈용강의 별호 삼절사존의 삼절은 검절(劍絶), 환절(幻絶), 염절(艶絶)이며 그중에 하나인 염절이 그를 가장 유명하게 만들었다.

물론 검절과 환절도 유명하지만 뭐니 뭐니 해도 삼절사존 하면 염절이 첫손가락을 꼽는다.

염절이란 훈용강의 여자에 대한 능력과 성격을 말하는 것인데, 한마디로 그는 대단한 호색한이며 한번 점찍은 여자는 반드시 소유하고야 마는 것으로 유명하다.

오죽하면 염절이라는 별호를 얻었겠는가.

그에게는 염안력(艶眼力)이라는 신비한 능력이 있으며, 그가 그것을 발휘하여 눈이 마주친 여자는 다음 순간 스스로 그의 품에 안긴다는 것이다.

훈용강은 지금까지 십오 년 동안 천 명이 넘는 여자들을 정복했었다.

진검룡은 훈용강이 염안력을 발휘하여 동방도혜를 강간했을 것이라고 짐작했다.

염안력을 발휘하면 여자가 훈용강의 품에 스스로 몸을 던진다는데 그가 염안력을 발휘하지 않았으면 동방도혜와 정사를 했을 리가 없다.

그러니까 그녀의 의지하고는 상관없이 정사를 했으므로 강간인 것이다.

동방해룡의 말에 훈용강은 발끈했다.

"처음에는 그랬었지만 그다음부터는 혜 매가 좋아서 먼저 나한테 달려들었다. 오죽하면 우리가 반년 동안 동거를 했었겠느냐?"

그러자 동방도혜가 흐느끼는 듯한 목소리로 그의 말을 뒷받침해 주었다.

"그래요. 제가 좋아서 용강 가가하고 반년 동안 같이 살았어요. 그때가 제 생애에 가장 행복했던 시기였어요."

그렇게 말하는 동방도혜를 쳐다보는 훈용강의 눈빛이 가볍게 흔들렸다.

진검룡이 동방도혜에게 물었다.

"너는 어쩌기를 원하느냐?"

동방도혜는 간절한 표정으로 훈용강을 바라보다가 진검룡에게 말했다.

"저는 여전히 목숨을 바쳐서 죽을 때까지 용강 가가를 사랑하고 있어요. 그래서 저는 영원히 용강 가가 곁에 머물고 싶습니다."

진검룡은 잔뜩 이맛살을 찌푸리고 있는 훈용강을 턱으로

가리켰다.

"너는?"

진검룡은 여성 편력이 화려한 훈용강이 동방도혜에게 싫증을 느꼈기 때문에 그녀를 버렸을 것이라고 짐작했다.

만약 그렇다면 진검룡으로서는 이 일에 대해서 더 이상 왈가왈부할 수가 없다.

훈용강이 수하라고 해도 애정 문제까지 이래라저래라 명령할 수는 없는 일이다.

훈용강이 무거운 표정으로 진검룡에게 말했다.

"저도 혜 매를 사랑했었습니다."

"사랑했었어? 그런데 지금은 아닌가?"

"그렇습니다."

진검룡은 이유를 묻지 않았다. 싫증을 느낀 것이 뻔한데 물어보나 마나다.

"알았다. 그만 가자."

진검룡이 문으로 걸어가자 바르르 떨고 있는 동방도혜가 떨리는 목소리로 말했다.

"거기 멈춰요. 용강 가가께서 절 사랑하지 않게 된 이유를 말해주세요."

훈용강은 무시하고 진검룡을 따라서 방을 나가려고 했다.

탁!

동방도혜가 뒤에서 훈용강의 팔을 잡으면서 애처롭게 외치듯이 물었다.

"제발 말해주세요……!"

훈용강은 동방도혜를 뿌리치면서 냉랭하게 대꾸했다.

"설마 너는 네 아비가 날 잡아 오라고 한 것을 몰라서 그러는 게냐?"

"……."

동방도혜는 물론이고 동방해룡까지 움찔하며 놀라는 표정을 지었다.

앞서 문을 나간 진검룡은 흠칫 놀라서 돌아섰다.

그는 진검룡이 동방도혜에게 싫증을 느껴서 버린 것이라고 생각했었는데 이제 보니 그게 아니었다.

작년 가을에 훈용강은 검황천문 탈혼사들에게 제압되어 끌려가던 중에 진검룡에게 구출됐었다.

동방남매는 크게 놀라서 동시에 외치듯 물었다.

"그게 정말인가요?"

"아버지가 당신을 납치했다는 말이오?"

훈용강은 동방남매의 반응을 보고 그들이 그 사실을 전혀 모르고 있었다는 사실을 알게 되었다.

"몰랐었다는 것이냐?"

동방도혜는 금방이라도 울 것 같은 표정으로 훈용강의 팔을 잡으며 급히 물었다.

"그래서 어떻게 되셨나요? 설마 나쁜 일을 당하셨던 것은 아니겠죠?"

훈용강은 어이없는 표정을 지었다가 씁쓸한 표정으로 중얼거렸다.

"검황천문 탈혼사들에게 제압됐었다."

"아……."

동방도혜가 큰 충격을 받고 비틀거리는 것을 동방해룡이 부축해 주었다.

"그 과정에 내 수하 오십여 명이 죽었고 나는 싸우다가 극심한 중상을 입은 채 탈혼사들에게 제압되어 검황천문으로 끌려갔었다."

"아버지가 어째서 당신을……."

동방해룡이 착잡한 표정으로 내뱉듯이 말했다.

"내가 아버지에게 혜아 너와 저 남자에 대한 말을 한 적이 있었다."

"오라버니가요?"

동방해룡은 미간을 잔뜩 좁혔다.

"혜아 네가 작년 여름에 식음을 전폐하고 방에서 나오지도 않으면서 매일 울기만 하니까 아버지가 왜 그러느냐고 캐물어서 할 수 없이 말해줬다."

동방해룡의 말투에서는 부친에 대한 존경심이 조금도 느껴지지 않았다.

동방도혜의 안색이 새하얗게 질렸다.

"도대체 그 사람은 용강 가가를 납치해서 무엇을 어쩌려는 거였죠?"

그녀는 부친을 '그 사람'이라고 불렀다.

동방해룡이 씁쓸한 얼굴로 중얼거렸다.

"강제로 너와 혼인시키려고 했겠지."

"그런 미친 짓을……."

동방도혜는 입술을 피가 나도록 깨물면서 사나운 눈빛으로 쏘아붙였다.

"만약 그랬으면 저는 죽으면 죽었지 용강 가가와 혼인하지 않았을 거예요……! 절대로."

훈용강은 어이없다는 표정을 지었다.

"너희는 그걸 모르고 있었다는 것이냐?"

"몰랐어요. 정말이에요."

훈용강이 쳐다보자 동방해룡이 은은히 분노하는 얼굴로 고개를 끄떡였다.

"그가 그토록 비열한 짓을 할 줄은 정말 몰랐소……!"

훈용강은 조금 누그러진 얼굴로 중얼거렸다.

"그런가……?"

*   *   *

동방도혜가 잔뜩 염려스러운 얼굴로 훈용강에게 물었다.

"그래서 어떻게 됐어요? 탈혼사들에게 제압되어 잡혀가셨다가 탈출한 건가요?"

훈용강은 존경의 표정으로 진검룡을 바라보았다.

"주군께서 구해주셨다."

"아……."

동방도혜는 크게 놀라더니 곧 고마워서 어쩔 줄 모르며 몸을 조아렸다.

"정말 감사합니다, 주군……! 앞으로 죽을 때까지 충성을 다하겠어요……!"

그 모습을 보면서 훈용강은 복잡한 표정을 지었다.

그때 동방해룡이 훈용강에게 불쑥 말했다.

"혜아는 당신 아이를 낳았소."

"……."

훈용강은 멍한 얼굴로 동방해룡을 쳐다보았다.

그의 말을 이해하지 못하는 것 같았다.

"뭐라고 말했지?"

"혜아가 작년에 아이를 낳았소. 아들이오."

훈용강은 어이없는 표정을 지었다.

"그게 내 아이라는 말인가?"

동방해룡은 와락 인상을 썼다.

"내가 거짓말하는 것 같소?"

훈용강은 동방도혜를 쳐다보았다.

"혜 매, 말해봐라. 내 아이가 맞느냐?"

동방도혜는 부끄러워서 얼굴이 붉어지며 고개를 끄떡였다.

"용강 가가 아이가 맞아요. 당신을 꼭 닮았어요."

"나를 닮았다고……?"

훈용강의 얼굴에 복잡한 표정이 떠오르더니 고개를 설레설레 가로저었다.

"믿을 수가 없군. 내 아이를 낳다니……."

동방남매는 훈용강의 말을 별다른 뜻 없이 받아들였다.

그러나 그의 다음 말에 동방남매는 큰 충격을 받고 말았다.

"그렇지만 안타깝게도 나는 아이를 낳을 수 없는 몸이다. 그런데도 혜 매가 내 아이를 낳았다는 사실을 믿어야 하는 것인가?"

동방도혜가 의아한 얼굴로 물었다.

"남자가 애를 낳나요?"

훈용강은 자신이 이런 얘기까지 해야 하는 것이 못마땅한 듯한 표정을 지었다.

"나는 수많은 여자들과 정사를 했지만 그녀들 중에 어느 누구도 임신을 하지 않았었다. 이 정도 면 내가 아이를 못 낳는다는 증거가 되지 않겠느 냐?"

그는 수많은 여자들과 관계를 가졌었다는 사실을 숨기고 싶었지만 자신이 여자로 하여금 아이를 낳지 못하게 한다는 사실을 밝히려고 어쩔 수 없이 말했 다.

동방해룡의 얼굴이 보기 싫게 일그러졌다. 그는 삼절사존 훈용강이 얼마나 호색한인지 무림에서 떠도는 소문을 들어서 잘 알고 있었는데 그런 말을 본인 입에서 듣게 되니까 몹시 불 쾌했다.

그러나 동방도혜는 전혀 개의치 않았다. 그녀는 자신이 훈 용강의 아이를 낳았다는 사실을 그가 믿게 만드는 것이 무엇 보다 급선무라고 생각했다.

"저는 용강 가가와 헤어진 이후 남자의 손조차 잡아본 적 이 없었어요."

훈용강은 복잡한 표정으로 그녀를 응시할 뿐 아무 말도 하지 않았다.

"삼 년 전 용강 가가께서 사흘 동안 출타하러 떠나기 전날 밤에 나누었던 사랑이 아가를 만들어주었어요. 그로부터 열 달 후에 아기를 낳았지요."

"음……."

그녀의 말이 맞다면 그녀가 낳은 아이가 훈용강의 자식이 분명하다.

"제가 아무리 백 번 설명을 해도 용강 가가께서 그 아이를 한 번 보시면 제 말을 믿을 수밖에 없을 거예요. 왜냐하면 그 아이가 당신과 똑같이 닮았기 때문이에요. 그러니까 누가 봐도 당신 아들이에요."

"나를 닮았다고?"

훈용강의 눈이 빛났다.

사실 그가 호색한이 된 데는 그만한 이유가 있었다.

십여 년 전에 그는 첫사랑 여인과 삼 년 동안 깊이 사귀었으나 둘 사이에는 아이가 생기지 않았다.

혼인은 하지 않았지만 부부나 다름이 없는 두 사람은 몹시 상심했다.

더구나 천애고아였던 훈용강은 보통 사람들보다 몇 배나 더 자식을 고대했었다.

만약 아이를 낳았다면 그는 그녀와 혼인을 하여 단란한 가정을 꾸몄을 것이다.

좋다는 약이란 약은 다 써보고 효험 있는 방법을 두루 써보았지만 여자는 끝내 아이를 갖지 못했다.

그러던 어느 날 절망에 빠진 여자가 강물에 몸을 던져 자살을 하는 비극이 벌어졌다.

청년 훈용강은 하늘이 무너지는 충격과 절망에 빠졌다. 그는 그제야 자신이 자식 때문에 얼마나 여자에게 압박감을 주었는지 깨달았다.

하지만 강물에서 건진 싸늘한 주검으로 돌아온 여자 앞에서 아무리 후회해도 소용이 없는 일이었다.

그때부터 훈용강은 천하를 떠돌면서 이 여자 저 여자 닥치는 대로 섭렵을 했다.

사람은, 특히 남자는 사랑하는 여자가 죽었을 때 크게 두 부류의 성격으로 변한다고 한다.

하나는 깊이 절망에 빠져서 자포자기 무기력해지는 것이고, 또 하나는 그 반대로 방탕해지는 것인데 훈용강은 후자 쪽으로 변했다.

많은 여자들을 섭렵하는 과정에 그는 한 가지 매우 중대한 사실을 깨닫게 되었다.

그는 방탕에 빠진 이 년여 동안 무려 오십여 명의 여자와 깊은 관계를 가졌었는데 놀랍게도 임신을 한 여자가 한 명도 없었다.

그제야 그는 아이를 낳지 못하는 것은 여자가 아니라 자신에게 문제가 있기 때문이었다는 사실을 깨달았다.

그는 그것을 확인하기 위해서 그때부터 더 많은 여자들을 침상으로 끌어들였다.

원래 반안이나 송옥에 버금가는 절세미남인 그이기에 가는 곳마다 여자들이 앞다투어 스스로 치마를 걷어 올리고 그의 품에 몸을 던졌다.

그렇다고 해도 경국경성의 절세미녀들은 여간해서는 쓰러뜨리기가 어려웠다.

그래서 그는 어렵게 염안력이라는 사술을 배웠고 그때부터 더 많은 여자들을 정복해 나갔다.

그러면서 그는 자신이 결코 여자를 임신시킬 수 없는 남자라는 사실을 더욱 절실하게 깨달았다.

삼 년 전 동방도혜를 만나기 전까지 그는 팔백여 명이라는 엄청난 수의 여자들을 섭렵했었다.

그러다가 동방도혜를 만났으며 그의 첫사랑이 강물에 몸을 던져 자살을 한 이후 무려 칠 년여 만에 처음으로 깊은 사랑을 하게 되었다.

그는 처음에 동방도혜를 정복하기 위해서 염안력을 전개해야만 했었다.

한 나라를 무너뜨릴 정도로 절세미녀이며 남경제일미(南京第一美)라는 미명을 지닌 동방도혜는 훈용강이 아무리 유혹을 해도 눈 하나 까딱하지 않았기 때문이다.

첫날밤 이후 훈용강은 그녀가 너무도 선하고 순수하다는 사실을 깨닫고 다음 날 즉시 염안력을 풀어주었다.

그런데 그때부터 동방도혜는 그의 곁을 떠나지 않고 함께 지내기 시작했다.

처음의 이유는 한 가지뿐, 훈용강이 그녀의 처녀성을 가져갔다는 사실 때문이었다.

그녀는 훈용강에게 독한 원한을 품고 무조건 죽이려고 하는 것보다는 그를 이해해 보려는 쪽으로 가닥을 잡고 그와 함께 지내게 되었다.

만약 훈용강이 악인이라면 눈물을 머금고 죽이려고 남몰래 결심을 했었다.

그러나 그와 동거를 하면서 동방도혜는 그의 본심이 매우 강직하면서도 선하고 또 정에 약한 사람이라는 사실을 알게 되어 살심을 거두었다.

그렇게 두 사람은 반년에 거쳐서 동거를 했으며 그러는 동안 둘은 서로를 깊이 사랑하게 되었다.

그러던 어느 날 훈용강이 외출했을 때 동방해룡이 동방도혜를 불쑥 찾아왔다.

동방도혜는 훈용강과의 사랑의 도피를 위하여 검황천문이 있는 남경에서 이천여 리나 떨어진 머나먼 지방 어느 성내의 번화한 곳에 꼭꼭 숨어 있었는데 검황천문의 흑명사(黑冥士)가 그녀를 찾아내고 말았다.

검황천문 십이부 중 하나인 흑명부(黑冥府)의 고수를 흑명사라고 한다.

원래 흑명부의 주된 임무는 살명부(殺冥簿)를 만드는 일이며 살명부라는 것은 이름 그대로 죽여야 할 인물들의 이름을 적어놓은 책이다.

죽여야 할 인물이란 남천에 저항하거나 강남무림을 어지럽히는 사파, 마도, 요계의 인물이다.

흑명부는 강남무림 전역을 돌면서 그런 인물들을 찾아내어 이름을 살명부에 올리는 일을 하고, 살명부에 오른 인물들을 죽이는 일은 탈혼부(奪魂府)나 절풍부(折風府) 등 검천십이부의 다른 부가 하고 있다.

어쨌든 살명부를 만드는 흑명사들이 검황천문 태문주의 특명을 받고 천하를 샅샅이 뒤진 끝에 동방도혜와 훈용강을 찾아낸 것이다.

그러고는 흑명사들이 동방도혜가 살고 있는 장소를 태문주에게 보고했으며, 태문주는 동방해룡더러 동방도혜를 데려오라고 지시했다.

동방해룡은 근처에 잠복해 있다가 훈용강이 집을 비우고 동방도혜 혼자 있을 때 그녀를 찾아갔다.

동방도혜는 오라버니 동방해룡을 본 순간 자신이 더이상 훈용강과 밀월을 지속할 수 없다는 사실을 깨달았다.

동방해룡이 왔다는 것은 부친 태문주의 명령을 받았다는 뜻이기 때문이다.

동방도혜가 가지 않겠다고 버텼다가는 동방해룡 입장이 난처해질 뿐만 아니라 더 나아가서 태문주가 훈용강을 가만 놔두지 않을 것이다.

그래서 동방도혜는 훈용강이 돌아오기 전에 동방해룡을 따라 눈물을 삼키면서 그곳을 떠났었다.

그런데 바로 오늘 삼 년 만에 전혀 뜻하지 않은 장소에서 마침내 훈용강을 다시 재회한 것이다.

동방도혜가 눈물을 글썽거리며 훈용강에게 말했다.

"아이는 올해 세 살이 됐어요. 이름은 훈혜강(勳惠康)이라고 지었어요."

"훈혜강……."

훈용강이 조용히 중얼거렸다. 아이의 이름이 결정적으로 그의 마음을 흔들었다.

'훈'은 두말할 것 없이 그의 성이고 '혜강'의 '혜'는 동방도혜에서 따고 '강'은 훈용강에서 따왔다는 사실을 그가 모를 리가 없다.

그가 알고 있는 동방도혜는 목에 칼이 들어와도 거짓말을 할 여자가 아니다.

훈용강은 동방도혜를 바라보며 강경했던 지금까지와는 달리 조심스럽게 물었다.

"아이… 혜강은 어디에 있지?"

그가 비로소 자신의 말을 믿기 시작했다는 사실 때문에 동방도혜는 주르르 눈물을 쏟았다.

진검룡이 대신 대답했다.

"본문의 선단이 이들 가족을 데리러 남경에 갔으니까 며칠 걸릴 거야."

"며칠씩이나……."

훈용강의 나직한 중얼거림에 초조함과 답답함이 진득하게 묻어났다.

그는 착잡한 얼굴로 진검룡을 바라보았다.

"주군……."

"안 된다."

진검룡은 그가 아들 훈혜강을 직접 데리러 가겠다고 말하려는 것을 알아차리고 딱 잘랐다.

"자넨 여기에서 할 일이 있으니까 움직이지 마라. 아이는 할머니가 잘 데리고 올 것이다."

"할머니라면……."

동방도혜가 말했다.

"제 어머니예요."

"아……."

그녀는 조금 긴장한 얼굴로 훈용강에게 말했다.

"당신만 허락하신다면 우리가 어머니를 모시고 같이 살았으면 좋겠어요."

"그야……."

동방해룡이 끼어들었다.

"어머니는 내가 모신다."

"오라버니……."

진검룡과 훈용강이 밀실 탁자에 마주 앉았다.

훈용강이 할 말이 있다고 진검룡과 단둘이 독대를 원해서 밀실로 온 것이다.

"주군, 혹시 일전에 검천태제 두 명을 제압했던 일을 기억하십니까?"

진검룡은 고개를 끄떡였다.

"알지."

몇 달 전에 검황천문 태문주의 제자들 검천태제 즉, 검천사십팔태제령 중에 두 명 검천삼십오태제 양무와 검천사섭이태제 정향이 오룡방 재개파대전에 왔었는데 그때 훈용강에게 제압된 적이 있었다.

"제가 검천사십이태제 정향이라는 계집을 염안력으로 제압했던 것도 기억하십니까?"

"그랬지. 그래서 정향이 자신의 사형인 양무를 급습해서 제압하지 않았나?"

"그렇습니다."

훈용강은 조금 머뭇거렸다.

"그런데 제가 일을 저질렀습니다."

"무슨 일인데?"

"제가 정향을 거두었습니다."

"어……."

진검룡은 처음에는 거두었다는 말뜻을 알아듣지 못했다가 잠시 후에야 훈용강이 정신을 제압한 정향과 깊은 관계를 맺었다는 사실을 알아들었다.

第八十二章

진일문과 보연궁

영특한 진검룡은 훈용강의 속내를 알아차렸다.

"자네… 정향을 못 버리는 거로군?"

"그… 렇습니다."

"정향이 착한 모양이로군."

"그렇습니다."

훈용강은 얼굴을 붉히며 머리를 긁적였다.

훈용강과 오래 지내면서 그의 진짜 성품을 잘 알게 된 진검룡은 그가 착하고 순종적인 성품의 정향을 버리지 못한다고 판단했다.

훈용강은 만약에 여자가 여우짓을 떨거나 교태를 부리고

뒷구멍에서 온갖 짓을 다 한다면 단물만 빨아먹고는 가차 없이 버린다.

그렇지만 착한 여자는 절대로 버리지 못한다.

훈용강의 첫 번째 여자가 그랬으며 두 번째인 동방도혜가 그랬는데 이제 보니 정향도 착한 모양이다.

"아직도 사술로 정향을 조종하고 있나?"

다른 사람이 염안력을 사술이라고 말하면 죽이겠다고 달려들 훈용강이지만 상대가 진검룡이라서 공손했다.

"아닙니다. 두어 달 전에 이미 풀어주었습니다."

"그럼 지금은 맨정신이라는 말이지?"

"그렇습니다."

"나쁜 짓 하지 않나?"

"하지 않습니다. 제가 시키는 것 외에는 아무것도 일절 하지 않습니다."

"흠, 그래?"

진검룡은 느긋하게 물었다.

"어쩔 생각이냐?"

훈용강 얼굴이 흐려졌다.

"난감합니다."

"동방도혜를 받아들일 건가?"

"아들을 낳은 여자입니다. 거두어야 하지 않겠습니까?"

진검룡은 어? 하는 표정을 지었다.

"아들을 낳았기 때문에 거둔다는 것이냐?"

정곡을 찌르는 듯한 물음에 훈용강은 찔끔했다.

"아… 아닙니다."

진검룡은 거두절미하고 콕 찍어서 물었다.

"둘 중에 누굴 더 좋아하느냐?"

"그것은……."

"한 사람만 골라라."

"음……!"

훈용강은 무거운 신음을 흘렸다.

그는 정향 문제를 진검룡에게 상의하려고 했는데 방금 진검룡이 최종 결단을 내리라고 말했다.

훈용강은 잠시 미간을 잔뜩 좁히고 갈등하다가 결국 한 여자를 선택했다.

"혜 매입니다."

진검룡은 고개를 끄떡였다.

"됐다. 그러면 동방도혜를 본처로 삼고 정향을 이부인으로 맞이하면 될 것이다."

"……."

훈용강은 너무 놀라서 눈을 휘둥그렇게 뜨고 입을 크게 벌리면서 벌떡 일어섰다.

"주군, 설마……."

"자네가 싫지 않다면 동방도혜와 정향 둘 다 부인으로 맞이해서 살게."

"그, 그래도 되겠습니까……?"

훈용강은 설마 진검룡 입에서 이런 말이 나올 줄은 상상도 하지 못했었다.

그는 동방도혜와 정향 두 여자 중에서 어느 여자를 선택해야 하는지를 진검룡에게 자문을 구하려고 했었는데 이렇게 돼버리고 말았다.

"자네가 두 여자 다 설득할 수 있겠나?"

"그것은……."

"못 하겠으면 내가 하지."

훈용강은 펄쩍 뛰었다.

"아, 아닙니다! 제가 하겠습니다……!"

그런 일을 주군이 하도록 내버려 둘 수는 없는 일이다.

그것이야말로 불경이다.

감격한 훈용강은 일어났다가 바닥에 부복하며 공손히 머리를 조아렸다.

"주군, 감사합니다."

"그들이 기다릴 테니 가봐라."

훈용강이 할 말이 있다면서 동방남매를 놔두고 진검룡과 이 방에 왔었다.

진검룡은 훈용강과 동방도혜 두 사람만 놔두고 동방해룡을 데리고 다시 술자리로 돌아왔다.

모두들 벌떡 일어나서 진검룡에게 예를 취한 다음에 자리에 앉았다.

그런데 문 옆 한쪽 구석에 두 사람이 나란히 서 있으며 엄청 긴장한 모습이다.

다름 아닌 보연궁주와 진일문주다.

청검당주 정소천이 수하를 보내서 영웅문주가 부른다는 말을 전하자 보연궁주와 진일문주는 찍소리도 하지 않고 즉각 따라나섰다고 한다.

진검룡은 실내에 낯선 사람이 있는 것을 보고는 의아한 얼굴로 물었다.

"누구냐?"

그는 정말 몰라서 묻는 것이다.

그는 정소천에게 두 사람을 부르라고 시킨 것을 잊고 있었다.

정소천이 벌떡 일어나서 진검룡에게 포권을 하고 허리를 굽히며 보고했다.

"보연궁주와 진일문주입니다."

"오……."

진검룡은 고개를 끄떡였다.

그리고 알은척을 하며 민수림 옆 자신의 자리에 앉았다.

그가 앉자마자 민수림이 살짝 미소 지으면서 그의 빈 잔에 술을 부어주었다.

진검룡 뒤에 우뚝 서 있는 부옥령이 보연궁주와 진일문주에게 손가락을 까딱거렸다.

"이리 가까이 와라."

진검룡과 민수림을 제외한 모두들 부옥령을 주시했다.

그러면서 그녀가 대체 누구일까 하는 궁금증이 여태까지보다 훨씬 더 증폭되었다.

보연궁주와 진일문주는 이끌리듯이 진검룡 가까이 다가와서 멈추어 섰다.

두 사람은 이곳에 있는 사람들 중에서 절반 정도는 알고 있지만 나머지 절반은 모른다.

알고 있는 절반은 항주 사람들이고 모르는 절반은 외지 사람들이기 때문이다.

그렇지만 극도로 긴장한 두 사람은 아직 아무하고도 대화를 나누지 못했다.

아까 두 사람이 실내에 들어섰을 때 영웅문 간부들은 두 사람을 힐끗 한 번 쳐다봤을 뿐 이후부터는 자기들끼리만 술을 마시면서 대화를 나누었다.

진검룡은 두 사람을 상대하기 전에 외문총관인 풍건에게 상황을 정리해 주었다.

"외문총관, 선풍당과 한매당을 외문에 두게."

"명을 받듭니다."

풍건이 즉시 벌떡 일어나서 공손히 읍하고 나서 조심스럽게 물었다.

"주군, 그런데 선풍당과 한매당 휘하로는 어떤 고수들이 들어옵니까?"

"음, 동방해룡과 동방도혜가 이끌고 온 검황천문 백호전과 주작전의 고수 삼백여 명이 그대로 두 개 당의 휘하로 들어갈 걸세."

"그렇군요."

그 말에 모두의 얼굴에 적잖이 긴장하는 표정이 역력하게 떠올랐다.

검황천문의 최정예고수라면 단연코 이각 사전이며 그들은 십이부 위에 있다.

그런데 사전 중에 백호전, 주작전의 고수 전체인 삼백여 명이 외문의 두 개 당 선풍당과 한매당이 되면 영웅문 내에서 최강이 될 것이 자명하다. 그래서 외문과 내문이 모두 긴장하는 것이다.

그렇지만 실내에 있는 누구보다도 가장 놀란 사람은 보연궁주와 진일문주다.

두 사람은 이틀 전에 자신들의 문파와 방파에 검황천문 백호고수와 주작고수들이 찾아와서 도움을 청했던 일을 누구보다 잘 알고 있다.

그렇지만 보연궁주 백사향(白沙鄕)은 자신을 찾아왔었던 백호, 주작고수 열 명이 진일문에도 갔을 것이라고 짐작만 했을 뿐이지 결과가 어떻게 됐는지는 모르고 있다.

진일문주 마동효(馬東曉)는 얼굴이 하얗게 질렸으며 몸을 세차게 후드득 떨었다.

백호, 주작고수 열 명이 진일문주 가족을 제압하여 협박을 했을 때 마동효는 끝내 굴복하여 그들의 요구 즉, 삼백여 명의 백호, 주작고수들을 항주 성내로 은밀하게 들어오도록 도움을 주었다.

진일문이 돕지 않았다면 백호, 주작고수 삼백여 명이 영웅문까지 오는 일이 매우 어려웠을 것이다.

그렇게 해서 만약 백호, 주작고수들이 영웅문을 괴멸

시켰다면 결과적으로 진일문이 큰 역할을 한 것이 된다.

마동효는 하늘이 무너지고 딛고 선 발밑이 한없이 아래로 꺼지는 절망을 느꼈다.

그는 워낙 강직한 성격이라서 누가 자신을 죽인다고 해도 눈썹조차 까딱하지 않는다.

하지만 가족은 다르다. 더구나 그는 부모와 자식, 형제들까지 삼십여 명에 이르는 대가족을 거느리고 있으므로 누군가 그들을 인질로 삼으면 꼼짝도 못 한다.

진검룡은 백사향과 마동효를 한 번 슬쩍 쳐다보고는 술을 마시고 나서 모두에게 지나가는 말처럼 물었다.

"이들을 어떻게 했으면 좋겠나?"

중인들의 날카로운 시선이 일제히 백사향과 마동효에게 집중됐다.

두 사람은 온몸으로 수많은 화살이 날아와서 꽂힌 것처럼 움찔 몸을 떨었다.

아무 죄가 없는 백사향마저도 공포를 느끼고 온몸의 모공이 옥죄어졌다.

고범이 침묵을 깼다.

"죽여야 합니다."

백사향과 마동효는 안색이 퍼렇게 질리면서 힐끗 고범을 쳐다보았다.

그러나 처음 보는 얼굴이다.

"죽여야 한다고 봅니다."

이번에는 한림이 냉엄한 얼굴로 단호하게 말했다.

백사향과 마동효가 흠칫 놀라서 쳐다보았지만 역시 모르는 얼굴이다.

그러고는 다시 침묵이 흘렀다.

실내에 이십여 명이 있지만 백사향과 마동효를 죽이라고 말한 사람은 두 명뿐이다.

"죽이십시오."

아니다. 그렇게 생각하고 있을 때 불쑥 말한 사람은 백사향과 마동효도 익히 잘 알고 있는 손록이다.

"……!"

영웅문이 개파하기 이전까지 항주의 절대자이며 패자였던 오룡방의 방주였던 인물.

백사향과 마동효가 놀라서 눈을 크게 뜨고 쳐다보자 손록은 차분한 표정으로 두 사람을 마주 쳐다보는데 방금 죽이라고 말한 사람 같지 않게 평온하다.

"죽이는 게 옳다고 봅니다."

"죽여야 한다고 생각합니다."

"죽이십시오."

그리고 그때부터 커다란 탁자 둘레에 앉아 있는 사람들이 마치 미리 짜기라도 한 것처럼 엇갈림 없이 한 사람씩 차례대로 말했다.

백사향과 마동효가 쳐다보니까 다 아는 얼굴들이다.

예전 비응보의 부풍림과 오룡방과 쌍벽을 이루었던 금성문의 대공자 공손창, 연검문의 문주였던 태동화가 추호의 흔들림도 없이 조용한 목소리로 말했다.

척!

그때 문이 열리고 훈용강과 동방도혜가 들어섰다.

평소 싸늘한 표정의 훈용강이지만 지금은 입가에 훈훈한 미소가 머금어져 있다.

뒤따르는 동방도혜의 얼굴에는 행복한 표정이 잔물결처럼 일렁거렸다.

동방해룡은 두 사람을 보고는 빙그레 미소 지었다. 그는 여동생 동방도혜만 행복할 수 있다면 무슨 일이라도 하는 사람이다.

훈용강은 자신의 자리로 가고 동방도혜는 동방해룡 옆으로 걸어갔다.

그러자 진검룡이 훈용강 옆자리에 앉아 있는 고범에게 동방해룡 옆의 빈자리를 가리켰다.

"대승당주, 이리 오게."

고범이 벌떡 일어나서 동방해룡에게 걸어가자 훈용강이 진검룡에게 고개를 숙여 감사함을 표하고는 동방도혜를 고범 자리에 앉혔다.

　진검룡은 백사향과 마동효를 가리키며 영웅문의 간부들을 천천히 둘러보았다.

　"그러니까 자네들의 의견은 이 둘을 죽이는 것으로 결론이 난 것인가?"

　"주군, 이러는 것은 어떨까요?"

　현수란이 바로 옆에 앉은 진검룡의 빈 잔에 술을 부으면서 살짝 눈웃음을 쳤다.

　"말해봐."

　현수란은 탁자 밑에서 진검룡의 허벅지에 슬쩍 손을 올리면서 말했다.

　"이들을 수하로 거두는 거예요."

＊　　　　＊　　　　＊

　백사향과 마동효는 움찔했다.

　백사향 얼굴에는 복잡한 표정이, 마동효 얼굴에는 한 가닥 기대가 떠올랐다.

　현수란은 아무도 모르게 탁자 아래에서 진검룡의 허벅지를 쓰다듬으면서 말을 이었다.

"두 방파를 궤멸시켜서 못 쓰게 만드는 것보다는 그 편이 낫지 않겠어요?"

진검룡은 이번에도 중인들에게 물었다.

"십엽당주의 의견을 어떻게 생각하나?"

누가 보면 그가 줏대 없이 수하들에게 자꾸 묻기만 하는 것 같았다.

다들 침묵을 지키자 풍건이 묵직한 목소리로 입을 열었다.

"불가하다고 사료됩니다."

"이유를 말하라."

풍건은 거침없이 대답했다.

"배신자는 다시 배신합니다."

마동효는 심장이 툭 떨어지는 표정을 지었다. 그는 절대 그러지 않을 거라고 절규하고 싶은 외침이 목구멍에 걸려서 나오지 않았다.

풍건은 백사향을 쳐다보며 말을 이었다.

"그리고 싫다는 자를 휘하에 거두면 불화가 생깁니다."

영웅문 개파 초기에 자신은 영웅문에 들어오기 싫다면서 건드리지 말아달라고 경기를 일으켰던 보연궁주 백사향은 흠칫 몸을 떨었다.

현재 백사향과 마동효는 둘 다 간절하게 영웅문 휘하에 들어가기를 원하고 있다.

물론 두 사람이 그러는 이유는 각기 다르다.

백사향이 궁주로 있는 보연궁은 여러모로 매우 궁핍한 생활을 하고 있다.

보연궁은 여자 이백오십여 명으로 구성된 방파인데 예전에는 항주오대중방파의 하나로 꼽힐 만큼 제법 쟁쟁한 명성을 떨치기도 했었다.

그런 명성을 떨치려면 든든한 밑바탕이 있어야 한다. 말하자면 굵직한 사업체나 점포, 수입을 창출하는 그런 것이다.

예전에 보연궁의 사업이나 장사는 매우 잘됐었다. 항주 일대의 상권을 장악하고 있는 십엽루의 협조가 있었기에 당연한 일이다.

보연궁만이 아니라 항주에 있는 어떤 방파나 문파라도 십엽루와의 긴밀한 협조가 없으면 사실상 사업이나 장사를 하는 것이 불가능했었다.

그만큼 십엽루는 항주 일대를 완벽하게 장악하고 있다.

그런데 십엽루가 영웅문 휘하에 들어가서 일개 당이 된 이후에는 보연궁의 사업과 장사가 예전 같지가 않아졌다.

영웅문하고 관계도 없는 보연궁에 십엽루, 아

니, 십엽당이 예전처럼 정을 베풀 이유가 없어진 것이다.

그것은 진일문도 마찬가지다. 그 때문에 현재의 보연궁과 진일문은 오래지 않아서 거리로 나앉을 정도로 비참한 상황에 처해 있다.

들리는 소문에 의하면 영웅문 휘하에 들어간 항주의 방파와 문파들은 그야말로 모든 면에서 일취월장했다고 한다.

예전 항주오대중방파와 항주십이소방파 시절하고는 비교조차 할 수 없을 정도로 대단해졌다는 것이다.

반년 전까지만 해도 그들 중에 일류고수라고 할 수 있는 사람은 손가락으로 꼽을 정도였다.

하지만 지금은 영웅문 휘하 중 절반은 일류고수이고 절반은 이류고수라고 한다.

검황천문이 영웅문을 괴멸시키려고 수차례 공격했지만 그때마다 번번이 전멸당하는 것은 검황천문이었다.

영웅문은 검황천문의 공격을 받고 그것을 물리칠 때마다 조금씩 더 강해졌다.

풍요함으로 논하면 영웅문 휘하가 단연 최고다.

예전 항주오대중방파와 십이소방파들은 자신들의 사

업체와 점포를 기꺼이 자진해서 영웅문에 헌납했다고
한다.

사업체나 점포를 운영할 이유가 없기 때문이란다. 그런 걸
운영하는 이유는 방파나 문파에 속한 사람들의 녹봉을 주기
위해서다.

그런데 영웅문에서 최고로 후한 방파의 녹봉보
다 열 배 이상이나 많이 주는 덕분에 구태여 힘들
여서 사업체나 점포를 운영할 필요가 없다는 것이
다.

그런 소문들을 귀가 따갑게 들어온 백사향이
나 마동효이기에 근래에 들어서는 어떻게 하면
영웅문에 들어갈 수 있을지 눈에 불을 켜고 있
었다.

진검룡은 보연궁과 진일문만을 콕 찍어서 불이익을 주라고
지시한 적이 없었다.

그것은 순전히 현수란의 소행이었다.

그녀는 항주의 웬만한 방파와 문파들이 죄
다 영웅문 휘하에 들어왔는데 보연궁과 진
일문만 고고한 체하며 거부한 것이 눈꼴시었
다.

그래서 십엽당 상단에 그들과의 거래를 끊으라고 지시했던
것이다.

현수란이 독하게 마음을 먹었으면 보연궁과 진일문을 더 빨리 쫄딱 망하게 만들 수 있었으나 그렇게까지 하고 싶지는 않았다.

그러나 이제는 보연궁과 진일문이 거지 신세가 됐으므로 그들을 휘하로 거두면 말을 잘 듣지 않겠느냐는 것이 그녀의 생각이었다.

그런데 풍건의 말을 듣고 보니까 그 말도 일리가 있다. 배신자는 또다시 배신할 확률이 높고, 영웅문을 싫어하던 사람이 몇 달 지났다고 좋아할 리가 없다.

이윽고 진검룡이 고개를 끄떡였다.

"알겠네."

지금까지 장내의 흐름으로 봤을 때 그가 알겠다면서 고개를 끄떡이는 모습은 백사향과 마동효를 죽이겠다는 의미로 비쳐졌다.

백사향과 마동효 둘 다 강직함으로 똘똘 뭉쳐져서 타협을 모르는 꿋꿋한 성격으로는 둘째가라면 서러울 사람들이다. 죽으면 죽었지 굴복할 성격이 아니다.

진검룡은 처음으로 백사향과 마동효를 정면으로 쳐다보면서 물었다.

"너희는 내게 할 말이 있느냐?"

두 사람은 움찔 떨었지만 입이 얼어붙은 듯 아무 말도 하지 않았다.

진검룡은 잠시 기다렸다가 입을 열었다.

"할 말이 없다면……."

쿵!

그때 마동효가 그 자리에 무너지듯이 무릎을 꿇는 바람에 진검룡의 말이 끊어졌다.

나란히 서 있던 백사향은 움찔 놀라서 급히 마동효를 내려다보았다.

마동효는 두 손으로 바닥을 짚고 진검룡을 우러러보면서 떨리는 목소리로 말했다.

"거두어주십시오……!"

마동효의 강직한 성격을 이미 알고 있는 진검룡은 그가 죽는 게 두려워서 굴복하는 것이 아니라고 생각했다.

진검룡은 마동효를 거둘 생각이다.

그가 비록 배신을 했지만 일가족 삼십여 명을 통째로 인질 삼아서 위협을 하는데도 끝까지 버텼다면 그는 냉혈한이지 절대로 뜨거운 피가 흐르는 인간이 아니다.

진검룡은 피도 눈물도 없는 냉혈한을 수하로 거둘 마음은 손톱만큼도 없다.

또한 이런 식으로 마동효를 자근자근 밟아놓은 다음에 수하로 거두어야지만 추후에 문제가 발생하지 않을 것이다.

실내의 중인들은 조용한 가운데 백사향을 주시했다. 이제는 그녀의 결정에 귀추가 주목되기 때문이다.

백사향은 고개를 숙인 채 비장한 표정으로 입술을 잘근잘근 깨물고 있다.

빨갛게 익은 홍시를 툭 찌르듯이 진검룡이 느긋한 목소리로 물었다.

"넌 어쩌겠느냐?"

움찔 놀란 백사향이 진검룡을 쳐다보는데 눈초리가 파르르 세차게 떨렸다.

그녀는 착 가라앉은 그러나 가늘게 떨리는 목소리로 한 자 한 자 또렷하게 말했다.

"굴복하지 않으면 죽일 건가요?"

무릎을 꿇은 마동효를 굴복했다고 표현했다.

진검룡은 고개를 가로저었다.

"그러지 않겠다."

"그렇다면……."

"가도 된다."

백사향은 망설이듯 머뭇거리다가 빙글 몸을 돌려 곧장 문으로 걸어갔다.

그녀의 뒤에서 진검룡의 나직한 목소리가 들렸다.

"마동효, 너와 진일문을 거두겠다. 일어나라."

"……!"

백사향은 움찔 몸을 떨며 그 자리에 멈추었다.

방금 전까지만 해도 한시바삐 이 방을 나가야지만 살 것 같았는데 지금은 그게 아니다.

배신자인 마동효는 죽음을 당하고 진일문은 멸문당할 것이라고 짐작했었는데 그것도 틀렸다.

마동효는 영웅문에 거두어지고 백사향은 살아서 나가는 게 아니라 쫓겨 나가는 꼴이 되고 말았다.

아직 돌아서지 않은 백사향의 귀에 진검룡의 목소리가 다시 들렸다.

"총당주."

"하명하십시오, 주군."

"마동효와 의논해서 진일문을 외문에 넣도록 하게."

"명을 받듭니다."

마동효가 일어나는 소리가 들린 후에 진검룡의 말이 뒤를 이었다.

"마동효, 여기에 앉아라."

덜그럭거리면서 앉는 소리가 날 때까지도 백사향은 그 자리에 선 채 꼼짝도 하지 않았다.

그녀와 보연궁이 영웅문 휘하에 들어갈 수만 있다면 지금까지의 고통이 단번에 다 해결될 것이다.

촌각을 백으로 쪼갠 것 같은 찰나지간에 그녀는 돌아서야 한다고 수없이 속으로 되뇌었다.

그러나 그녀의 쓸데없이 강한 자존심은 문을 열고 나가게 만들었다.

탁…….

그녀의 등 뒤로 문 닫히는 소리가 아득하게 들렸다.

잠시 후에 계단을 내려갈 때 그녀는 참고 참았던 눈물이 솟구쳤다.

"흑……!"

그녀는 걸음을 멈추고 손으로 난간을 잡았다.

백사향은 최대한 빠른 걸음으로 영웅문 전문을 향해서 거의 뛰듯이 걸었다.

영웅문에 들어오기 전에 전문의 호문무사가 영웅문 내에서는 절대로 경공을 전개하지 말고 걸으라는 주의를 주지 않았으면 그녀는 벌써 쏜살같이 달렸을 것이다.

'으흑……!'

참으려고 했는데 깨문 입술 밖으로 울음이 새어 나왔다. 너무나도 서러웠기 때문이다.

배신자인 진일문주 마동효는 무릎을 꿇고 굴복했다가 영웅문주에게 거두어졌는데, 아무 잘못도 하지 않은 그녀는 거두어달라는 말조차 꺼내지 못하고 도망치듯이 밖으로 나와 버렸던 것이다.

'잡아주지도 않다니……'

자존심 때문에 그곳을 나오기는 했지만 그래도 문을 열기 전에 영웅문주가 그녀를 잡아주길 바랐었다.

그게 서러워서 눈물이 하염없이 흘렀다.

하지만 그녀는 울다가 영웅문주의 잘못이 아니라는 사실을 깨달았다.

그런 상황에서 대체 누가 그녀를 잡아주겠는가.

잘못이 있다면 자존심만 내세우다가 도망치듯이 그곳을 나와 버린 그녀에게 있는 것이다.

'바보같이… 무릎 꿇고 거두어달라고 말하는 것이 뭐가 어려워서……'

그녀는 걸음을 좀 더 빨리했다.

영웅문 전문 밖에 보연궁 수하들이 기다리고 있을 것

이다.

수하들에게 눈물을 보이는 것은 수치다.

눈물 때문에 앞이 보이지 않아서 도대체 자신이 어디쯤 가고 있는 것인지 알 수가 없다.

백사향은 손등으로 눈물을 닦았다.

툭…….

"아……."

그런데 바로 그때 그녀는 무언가에 둔탁하게 부딪쳐서 비틀거렸다.

그러고는 누군가 비틀거리는 그녀의 어깨를 잡으며 부축해주었다.

그녀는 급히 그 사람을 쳐다보았다.

"아……!"

다음 순간 그녀는 너무 놀라서 탄성을 흘리고 말았다.

한 팔로 그녀의 어깨를 감듯이 안은 채 부드러운 미소를 지으면서 굽어보고 있는 사람은 다름 아닌 진검룡이었다. 그를 다시 보게 될 줄은 꿈에도 몰랐다.

"문주……."

진검룡은 백사향의 어깨를 감은 팔을 풀고 빙그레 미소 지으면서 말했다.

"정말 갈 생각이었느냐?"

"그게 무슨……."

너무 놀란 나머지 백사향은 펑펑 흐르는 눈물을 닦을 생각도 하지 못했다.

"너는 나한테 무릎 꿇고 거두어달라고 말하는 것이 그렇게 싫었느냐?"

여전히 미소를 짓는 진검룡의 말에 백사향은 비로소 그가 무슨 말을 하는지 알아들었다.

"아니에요. 그렇지 않아요……."

백사향은 진검룡과 몸이 부딪치고 그가 어깨를 감싸주었을 뿐인데 무척 가까워진 것 같은 느낌이 들었다.

진검룡의 미소가 조금 더 짙어졌다.

"네가 무릎을 꿇고 너와 보연궁을 거두어달라고 했으면 그렇게 했을 것이다."

"흑흑흑……!"

백사향은 고개를 숙이고 눈물을 펑펑 흘리면서 두 손으로 진검룡의 앞섶을 붙잡았다.

대나무와 갈대는 휘어질지언정 잘 부러지지 않지만 단단한 박달나무는 단번에 부러지는 성질이 있다.

그래서 대나무와 갈대 같은 사람은 생명력이 가늘고도 길

지만 박달나무 같은 사람은 생명력이 굵고 짧다. 부러지면 끝
장이다.

백사향이 그렇다.

第八十三章

여인쟁투(女人爭鬪)

진검룡은 온화하게 말했다.

"어떠냐? 너와 보연궁이 내 품에 들어오겠느냐?"

백사향은 고개를 들고 눈물이 가득 고인 눈으로 진검룡의 얼굴을 올려다보았다.

진검룡은 예전에 현수란에게 백사향과 마동효의 강직하고 깐깐한 성격에 대해서 자세히 들은 적이 있었다.

그래서 조금 전 백사향의 행동을 보고는 그녀가 자존심 때문에 그냥 나간 것이라고 짐작해서 뒤따라온 것이다.

단지 자존심 때문이라면 백사향과 보연궁을 놓치는 것이 너무 아까웠다.

보연궁만 휘하에 거두면 항주의 모든 방파와 문파들이 영웅문 휘하에 들어오는 것이기 때문이다.

"으흐흑……! 네… 그러겠어요… 저를 거두어주세요……."

백사향은 진검룡 가슴에 얼굴을 묻고 울음을 터뜨렸다.

이런 게 바로 여자다. 자신을 끝없는 나락으로 떨어뜨렸다가는 사정없이 부러뜨리고 꺾어버린 사내에게는 한없이 나약한 존재다.

진검룡은 백사향의 머리를 부드럽게 쓰다듬었다.

"이제 아무것도 걱정할 필요 없다. 너희들은 내 품에서 열심히 무공만 익히면 되는 것이다."

"흑흑흑……! 고마워요……! 주군……!"

삼십오 세의 백사향은 진검룡 품에 안겨서 어린아이처럼 펑펑 울었다.

그녀는 자신과 보연궁이 영웅문이 아닌 진검룡의 품에 안기는 것이라고 생각했다.

계단을 올라가던 백사향은 걸음을 멈추었다.

그녀가 제아무리 여장부라고 해도 아까 그렇게 하고 나왔는데 영웅문 사람들이 다 모여 있는 곳에 다시 들어가는 것이 못내 쑥스러웠다.

앞서 계단을 올라가던 진검룡이 훈훈하게 미소를 지으면서 그녀에게 손을 내밀었다.

진검룡의 이런 행동은 사매나 사모님을 대하듯이 평범한 것이지만 백사향에게는 매우 특별해서 얼굴이 능금처럼 붉어지며 눈을 사르르 내리깔더니 그의 손을 잡았다.

그녀가 거부하거나 뿌리칠 수도 있는데 손을 잡았다는 사실이 중요해다.

그녀가 진검룡의 손을 잡은 것은 아까 그가 내 품에 들어오겠느냐고 말한 것과 맥을 같이한다.

말하자면 동상이몽이다. 같은 얘기를 하면서 다르게 해석하는 것이다.

진검룡은 그녀의 손을 잡고 계단 위로 끌어당기며 부드럽게 말했다.

"괜찮다. 내가 있잖느냐?"

"네……."

남자에게는 손톱만큼도 관심이 없어서 삼십오 세인 아직도 미혼인 백사향의 가슴이 미친 듯이 두근거렸다.

척!

진검룡이 실내로 들어서자 민수림을 제외한 모든 사람들이 일제히 우르르 일어섰다.

사람들의 시선이 그의 뒤를 따라 들어오고 있는 백사향에게 집중됐다.

'아…….'

주눅이라고는 모르는 백사향이지만 실내에는 난다 긴다 하는 인물들이 득실거리고, 지금이 어떤 상황인지 잘 알고 있으므로 저절로 걸음이 멈춰지면서 급히 전음으로 진검룡에게 도움을 청했다.

[주군……]

울면서 영웅문 전문으로 달려가다가 진검룡과 부딪치고 그에게 여지없이 무너져 버린 그녀는 이제 그에게만은 한낱 연약한 여자가 돼버리고 말았다.

그녀는 여태 삼십오 년을 살아오는 동안 이런 일이 단 한 번도 없었다.

진검룡은 딱딱하게 굳어 있는 수하들의 얼굴을 보고는 즉시 모두에게 전음을 보냈다.

[모두 박수를 치면서 백사향을 환영해라!]

순간 민수림을 제외한 전원이 뻣뻣하게 선 채 힘차게 박수를 치며 고함을 질렀다.

짝짝짝짝짝!

"환영합니다!"

그렇지만 그런 거창한 환영이 오히려 역효과를 일으켰다. 백사향은 화들짝 놀라 진검룡 뒤에 숨어서 그의 상의 아랫단을 꼭 붙잡았다.

그녀가 진검룡 어깨 옆으로 고개를 빼꼼 내밀고 앞쪽을 보니까 모두들 딱딱하게 굳은 얼굴로 열심히 박수를 치고 있는 광경이 보였다.

진검룡은 백사향을 매달고 자신의 자리로 걸어가다가 현수란 옆자리에 그녀를 앉혔다.

그가 자리에 앉자 모두들 자리에 앉고 민수림이 술을 따라주며 방그레 미소를 지었다.

[수고했어요.]

진검룡은 미소로 화답하면서 민수림에게 잔을 내밀었다.

민수림은 그가 잔을 부딪치자는 뜻으로 알아듣고 그에게 몸을 틀다가 기우뚱 상체가 기울어지자 손을 뻗어 그의 허벅지를 짚었다.

"……!"

그런데 민수림의 손바닥 아래에 하나의 다른 손이 놓여 있는 것이 아닌가.

그녀가 슬쩍 앞을 보자 현수란의 얼굴에 화들짝 놀라는 표정이 떠오르고 있다.

현수란은 놀라서 급히 손을 빼고 눈을 내리깔며 전음으로 공손히 사과했다.

[죄… 송합니다, 주모…….]

그녀는 진검룡이 자리에 앉자마자 기다렸다는 듯이 그의 허벅지에 손을 얹은 것인데 설마 민수림이 그 위에 손바닥을 얹을 줄은 꿈에도 몰랐다.

민수림은 웬만한 일에는 일절 상관하지 않지만 현수란이 진검룡을 남자로 대하고 집적거리는 것만큼은 절대로 용서하지 않는다.

"감히……."

민수림의 입에서 차가운 중얼거림이 흘러나왔다.

사실 민수림은 처음에 술자리가 시작된 이후부터 쌀겨로 만든 독한 초강주를 쉬지 않고 계속 마신 탓에 지금은 매우 취한 상태다.

진검룡이 그러는 것처럼 그녀도 취기를 공력으로 몰아내지 않는다.

애써 기분 좋게 취했으므로 특별한 일이 없는 한 취기를 없애지 않는 것이다.

바로 그때 현수란이 앉은 자세에서 갑자기 허공으로 둥실 떠올랐다.

"아……."

갑작스럽게 벌어진 일이라서 현수란은 손에 쥐고 있는 술잔을 내려놓지도 못했다.

현수란뿐만 아니라 실내에 있는 모든 사람들이 놀라서 그녀를 쳐다보았다.

"아……."

"대체 무슨……."

현수란이 술을 마시다가 느닷없이 제 스스로 허공으로 떠오를 리가 없으며, 그녀에겐 그럴 만한 능력이 없다는 것을 다들 잘 알고 있다.

사람들은 민수림이 현수란을 허공으로 띄웠다는 사실을 즉시 알아차렸다.

민수림이 현수란을 차갑게 쏘아보고 있으며 현수란 역시 민수림을 보며 겁에 질린 표정을 짓고 있기 때문이다.

그런데 민수림은 현수란을 향해서 손을 뻗지도 않고 그냥 쏘아보고만 있다.

그 광경을 보고 영웅문 간부들은 '과연! 주모시다!'라는 표정을 지었으며 새로 영웅문의 일원이 된 동방남매와 백사향, 마동효는 경악하는 표정을 지었다.

스으으…….

그런데 그때 현수란은 창을 향해 느릿하게 수평으로 둥실둥실 흘러갔다.

영웅문 간부들은 진검룡과 민수림이 연인 사이라는 것을 잘 알고 있으며, 현수란이 진검룡을 이성으로 사모하고 있다는 사실도 짐작하고 있었다.

그래서 현수란이 진검룡에게 무언가 집적거리다가 민수림을 화나게 했을 것이라고 추측했다.

중인들을 더욱 놀라게 한 것은 민수림이 아무 일도 없다는 듯 손에 쥐고 있는 잔을 진검룡의 잔에 가볍게 부딪치고 있다는 사실이다.

그녀가 그러고 있는데도 현수란은 창을 향해 둥실둥실 떠가고 있다.

덜컥!

그러더니 창문이 양쪽으로 활짝 열렸다.

그로써 민수림의 의도가 드러났다. 현수란을 창밖으로 내던지려는 것이다.

상황이 이쯤 되자 현수란은 다급해져서 우는 얼굴로 민수림에게 용서를 빌었다.

"주모… 부디 용서해 주세요… 제가 잘못했어요……!"

실내에는 영웅문 간부들이 수두룩하고 새롭게 영웅문 휘하에 들어온 사람들도 있어서 현수란으로서는 무척이나 창피한 일이지만 지금은 일일이 그런 것을 따질 때가 아니다.

더구나 현수란은 두 명의 총당주인 풍건과 한림마저도 눈아래로 여기고 있으며 오로지 진검룡과 민수림만 상전으로 생각한다.

그러므로 현수란으로서는 이런 창피가 없다. 그녀는 살아생전에 이런 일을 당해본 적이 없다.

그러나 그녀는 민수림의 성격을 누구보다도 잘 알고 있으므로 이런 상황에서는 무조건 빌어야만 한다.

그녀는 민수림을 보면서 결사적으로 빌었다. 그것 말고는 방법이 없다.

"주모……! 다시는 그러지 않겠습니다……! 한 번만 용서해 주십시오! 제가 죽을죄를 졌습니다……!"

활짝 열린 창이 더 가까워지자 현수란은 이번에는 진검룡을 보면서 도움을 청했다.

"주군! 그렇게 보고만 계실 건가요? 제가 주군께 얼마나 충성하는지 잘 아시잖아요!"

그러나 진검룡은 현수란에게 눈길조차 주지 않고 잔잔한 미소를 지으며 민수림만 응시하고 있다.

지금 잘못 끼어들었다가는 진검룡마저 박살 나는 수가 있기 때문이다.

그의 그런 행동이 민수림의 마음을 누그러뜨렸다. 만약 그가 현수란 편을 들어서 민수림을 말렸다면 현수란은 지금보다 더 끔찍한 벌을 받았을 것이다.

진검룡이 한술 더 떴다. 그는 자신의 허벅지에 놓여 있는 민수림의 손등을 쓰다듬으며 미소 지었다.

"수란은 혼이 나야 정신을 차릴 겁니다."

혼내는 시어머니보다 말리는 시누이가 더 밉다더니, 진검룡이 딱 그 꼴이다.

과연 민수림의 마음을 쥐락펴락할 사람은 진검룡뿐이다. 이제는 민수림에 대해서는 도사가 다 됐다.

창을 향해 떠가던 현수란은 다시 제자리로 돌아와서 의자에 살짝 앉혀졌다.

'으허어어……'

십년감수한 현수란은 저 바닥으로 뚝 떨어져 내리는 심장을 힘겹게 끌어 올렸다.

그때 문득 현수란은 자신을 쏘아보고 있는 누군가의 시선을 느끼고 그곳을 쳐다보다가 어이없는 표정을 지었다.

민수림 뒤에 우뚝 서 있는 부옥령이다. 그녀는 싸늘한 눈빛에 살벌함과 엄격함을 가득 담아서 현수란에게 사정없이 뿜어내고 있었다.

현수란은 어이가 없다 못해서 기가 막혔다.

민수림에게 당하는 것이야 어쩔 수 없는 일이지만 이젠 별 시답지 않은 것이 그녀를 우습게 여기고 있는 것이다.

그러니 화가 머리 꼭대기까지 솟구쳐 있는 현수란의 입에서 좋은 소리가 나갈 리가 없다.

"넌 뭐냐?"

현수란이 내뱉자 부옥령의 눈초리가 치켜 올라갔다. 수틀리면 일장을 발출할 것 같은 반응이다.

현수란은 어이없음을 넘어서 조금 섬뜩했다.

부옥령에게서 굉장한 고수만이 지니고 있는 범접하기 어려운 기도가 물씬 느껴졌기 때문이다.

하지만 현수란이 누군가. 더구나 지금은 민수림에게 당한 직후라서 기분이 매우 나쁜 상태다.

"건방진 년이로구나!"

실내의 사람들은 현수란이 민수림에게 당한 화풀이

를 부옥령에게 하고 있다는 것을 짐작하고도 남음이
있다.

현수란은 부옥령을 손으로 가리키며 진검룡에게 물었다.

"주군! 저 계집은 누구죠?"

진검룡은 이쯤에서 현수란의 편을 들어줘야겠다고 생각했
다. 아니, 그게 아니더라도 그가 부옥령 편을 들어야 할 하등
의 이유가 없다.

"내 종이다."

"흐흥! 감히 종 주제에!"

현수란이 콧김을 있는 대로 힘껏 뿜어냈다.

그 반대로 부옥령은 움찔했다. 자신의 현재 위치를 깨달은
것이다.

부옥령은 진검룡과의 대결에서 굴욕적으로 패하여 그의 여
종이 됐다는 사실을 뒤늦게 상기시켰다.

그녀는 북신무림의 절대자인 천군성의 좌호법이
라는 어마어마한 신분에 너무도 오래 젖어 있었던
탓에 천하 모든 사람을 발아래에 두고 있다고 생
각한다.

그녀로서는 진검룡을 원망할 것도 없다.

아무리 좋게 말해도 그녀는 진검룡의 종 신분이기 때문이
다.

놀란 사람은 현수란만이 아니다. 풍건 이하 영웅문 간부들

은 모두 놀라서 부옥령을 쳐다보았다.

현수란이 확인차 진검룡에게 다시 물었다.

"주군! 종은 제 아래 신분이죠?"

진검룡은 크게 고개를 끄떡였다.

"당연하지."

"흐흐흥!"

현수란은 코가 나올 정도로 신바람 나게 냉소를 쳤다.

"네 이년! 어째서 나를 그따위로 노려보는 것이냐?"

"……"

부옥령은 일초지적도 되지 않을 현수란의 호통에 어이가 없어서 돌아버릴 지경이다.

그렇지만 현실은 그녀 편이 아니다. 오히려 점점 더 좋지 않은 상황으로 흘러가고 있는 중이다.

현수란이 쩌렁하게 호통쳤다.

"네 이년! 당장 내 앞에 꿇어라!"

중인들은 현수란이 민수림에게 당한 것에 대한 화풀이를 하고 있다는 사실을 잘 알지만 지켜보기만 할 뿐이다.

중인들 중에서 부옥령이 누군지 아는 사람은 아무도 없으며 그렇기에 그녀와 이해관계가 있는 사람도 전혀 없기에 그저 그녀가 당하는 광경을 안줏거리 삼아서 지켜볼 뿐이다.

민수림도 이때만은 나서지 않고 진검룡과 잔을 부딪치면서 호젓하게 술을 마시고 있다.

가재는 게 편이라고 청랑은 더 이상 보고만 있을 수가 없어서 현수란을 차갑게 쏘아보며 일갈했다.

"너무 심하지 않은가?"

같은 여종인 부옥령이 당하는 것을 놔뒀다가 청랑 자신의 입지까지 불리해질 것 같아서 나서지 않을 수가 없다.

*   *   *

수란은 기세가 올랐다.

"흐홍! 이것들이 이제는 쌍으로 덤비는구나!"

그녀는 다리를 꼬고 손을 뻗어 손가락을 까딱거리며 차디차게 명령했다.

"둘 다 내 앞에 꿇어라! 불복하면 지금 당장 내손으로 즉참(卽斬)하겠다!"

서릿발 같은 목소리에 진검룡과 민수림을 제외한 모두들 흠칫 표정이 변했다.

현수란은 자신의 말이 허언이 아니라는 듯 일어나더니 어깨의 검을 뽑았다.

스릉…….

일이 커지고 있지만 아무도 제지하지 않았다.

중인들은 자신들과는 무관한 일이기 때문이고 진검룡과 민수림은 아예 관심이 없는 듯 서로를 마주 바라보면서 미소 지으며 술을 마시고 있다.

무공만으로 치자면 부옥령이나 청랑 두 사람 다 현수란보다 고강하다.

청랑은 현수란보다 한 수 정도이고, 부옥령은 서너 수 상위가 분명한데도 꼼짝 못 하고 있다.

청랑과 부옥령이 서 있는 곳에서 꼼짝도 하지 않자 현수란이 앞으로 한 걸음 내디디며 호통쳤다.

"내가 그리 가서 직접 목을 쳐주랴?"

그때 진검룡 귀에 부옥령의 전음이 전해졌다.

[주인님, 부탁이 있습니다.]

급하지 않은 차분한 목소리다.

진검룡은 무슨 부탁일지 짐작하면서도 짐짓 모른 체하면서 술잔을 입으로 가져갔다.

[뭐냐?]

[저를 호법으로 임명해 주신다면 제 목숨을 주인님께 바치겠습니다.]

[네 목숨 따위는 관심 없다.]

쟁…….

진검룡은 술잔을 민수림 술잔에 가볍게 부딪쳤다.

부옥령에게 튕기는 것이 아니다. 그는 정말로 부옥령의 목숨 같은 것에는 추호도 관심이 없는 것이다.

[저의 목숨은 일국(一國)의 가치가 있습니다.]

진검룡은 처음으로 힐끗 부옥령을 쳐다보았다. 그는 약간 현수란을 등지고 있으므로 그녀 쪽에서는 그가 부옥령을 쳐다보는 것이 보이지 않는다.

부옥령은 아무렇지도 않은 얼굴이지만 눈빛이 매우 절박한 것을 진검룡은 간파했다.

[죽으라면 죽겠느냐?]

희망이 보이자 부옥령의 눈이 애교로 넘실거렸다.

[저는 주인님 겁니다. 외부적으로는 호법이지만 주인님께는 종으로서 모시겠습니다.]

[흠…….]

[주인님…….]

현수란이 싸늘한 표정으로 자신에게 다가오자 부옥령의 목소리가 더욱 간절하고 절박해졌다.

[주인님께선 소인의 절대자이십니다……! 제발…….]

천군성의 좌호법이며 북신무림의 산천초목을 떨게 만드는 흑봉검신 부옥령이 애처롭게 애원하고 있다.

탁…….

진검룡은 술잔을 내려놓으며 모두에게 잔잔한 목소리로 입을 열었다.

"발표할 게 있다."

걸어오던 현수란이 뚝 멈추고 중인들의 시선이 일제히 진검룡에게 집중됐다.

문득 현수란은 부옥령의 눈에 득의함이 피어오르는 것을 발견하고 왠지 불길함을 느꼈다.

'설마……'

진검룡은 탁자 아래에서 민수림의 손을 만지작거리며 말을 이었다.

"사실 내 뒤에 서 있는 부옥령은 좌호법이다. 잠시 시험하는 기간을 두었는데 좌호법으로서 합격이다. 지금이 발표할 적당한 시기인 것 같다."

"앗!"

그 순간 현수란의 입에서 단말마적인 짧은 외침이 터져 나왔다. 너무 경악해서 비명 소리를 내면 안 된다는 사실마저 잊었다.

부옥령이 진검룡 옆으로 갔다가 한 걸음 앞으로 나서며 위엄 있는 목소리를 흘려냈다.

"나는 부옥령이다."

호법이면 총당주나 총무장보다 높으며 문주와 태상문주 바로 아래 이인자다.

풍건과 한림이 일어서자 총무장 유려를 비롯한 모두가 우르르 한꺼번에 일어섰다.

풍건이 모두를 대표하여 포권을 하면서 깊숙이 허리를 굽히며 외쳤다.

"좌호법을 뵈옵니다!"

전원 포권하면서 정중하게 예를 취했다.

그러나 현수란은 오른손에 검을 쥔 채 넋이 달아난 것 같은 표정을 짓고 있을 뿐 예를 취하지 못했다.

당연히 부옥령의 차가운 눈빛이 현수란에게 꽂혔다.

"너는 무엇을 하고 있는 게냐?"

"아……"

현수란은 화들짝 놀랐다.

그녀는 지금 자신이 처한 이 일이 사실인지 확인하려는 듯 진검룡을 쳐다보았다.

"지금 내가 묻고 있는데 네년은 어찌하여 주군을 쳐다보는 것이냐?”

그 순간 부옥령의 쨍한 꾸짖음이 실내를 울렸다.

“아… 나는……..”

현수란은 정신을 차리지 못하고 허둥거렸다.

그러자 부옥령이 슬쩍 소매를 흔들며 일갈했다.

“혼이 나야 정신을 차리겠구나.”

후웅!

뻐걱!

“아악!”

현수란은 가슴 한복판이 쪼개지는 극심한 중압감을 느끼면서 뒤로 쏜살같이 날아갔다.

실내에는 진검룡과 현수란, 부옥령 세 사람이 있다.

현수란은 침상에 누워 있으며, 진검룡은 침상 옆에 앉아 있다.

그리고 부옥령은 그 뒤에 서 있다.

부옥령의 강맹한 일장에 현수란의 갈비뼈 여덟 개가 바스러지고 장기와 내장이 모조리 터져 버린 치명적인 중상을 입은 상황이다.

“아… 너무 아파요… 죽을 거 같아요…….”

그 정도 극심한 중상이면 죽거나 혼절해야 마땅한데도 현수란은 아직 정신이 남아서 가느다란 목소리로 우는 것처럼 하소연을 했다.

부옥령은 씁쓸한 표정을 짓고 있지만 입을 꾹 다문 채 지켜보기만 했다.

사실 그녀는 현수란이 이 정도로 허약할 줄 전혀 예상하지 못했었다.

더구나 자신이 발출하면 현수란이 반격할 거라고 예상하여 거기에 맞게 적절한 공력을 주입했었다.

그렇지만 부옥령은 현수란을 과대평가한 것이었다. 부옥령의 공격이 너무 빠르고 강한 탓에 현수란은 미처 반격할 겨를이 없었다.

그러므로 현수란은 가슴과 복부에 쌍장을 고스란히 적중당할 수밖에 없었다.

부옥령이 비록 전력을 다하지 않았지만 그녀의 쌍장은 바위를 부수고 무쇠를 일그러뜨리는 위력이 실려 있다.

하물며 뼈와 살로 이루어진 인간의 몸이야 갈가리 찢어지지 않겠는가.

현수란은 부러진 갈비뼈의 날카로운 부위가 안으로 파고들어서 박살 난 장기와 내장을 찌르고 있는 탓에 숨을 쉬는 것조차 어려우며 온몸이 해체되는 것 같은 극심한 고통을 맛보고 있다.

현수란은 창백한 안색으로 처연히 중얼거렸다.

"아아… 주… 군… 저… 죽나… 요……?"

진검룡은 차분하게 말했다.

"죽지 않는다."

"그… 런가요……?"

"내가 치료할 거야."

현수란은 진검룡의 의술이 신의 경지에 도달했다는 사실을 새삼스럽게 기억해 냈다.

"어… 서 저를 살려주세요……."

현수란은 자신이 몹시 위중하다는 사실을 본능적으로 알고 있는 듯했다.

그녀는 고통으로 일그러진 표정으로 헐떡거리면서 말하다가 진검룡이 미간을 좁히고 있는 것을 발견했다.

"주군……."

"네 몰골이 말이 아냐."

현수란은 누운 상태에서 자신의 몸을 보려고 애썼다.

그러나 눈동자만 아래를 향할 뿐이다.

현수란은 옷이 갈가리 찢어져서 피투성이가 된 채 상처하고 마구 엉겨 붙은 상태라서 옷을 벗기지 않고는 치료를 할 수 없는 상황이다.

부옥령이 앞으로 나서며 손을 뻗었다.

"제가 벗기겠습니다."

그녀가 다가들자 현수란의 두 눈이 커다랗게 커졌다.

"아아……"

부옥령에게 당했기에 그녀를 극도로 무서워해서 본능적으로 반응하는 것이다.

"물러서라."

진검룡이 제지하자 현수란은 가늘게 몸을 떨면서 말했다.

"아아… 주군께서… 제 옷을 벗기고… 치료해… 주세요……"

"알았으니까 걱정하지 마라."

진검룡은 현수란의 머리를 쓰다듬고 나서 뼈와 상처, 살점과 뒤엉겨 붙은 옷을 몸에서 분리하기 시작했다.

부옥령은 진검룡 옆에 서서 눈도 깜빡이지 않고 그의 일거수일투족을 뚫어지게 지켜보았다.

진검룡이 꽤 오랜 시간을 들여서 현수란의 옷을 모두 벗겼는데 드러난 그녀의 몸뚱이는 꼴이 말이 아니다.

목 아래에서 아랫배까지 짓이겨졌으며 부러진 뼈들이 튀어나오고 아랫배의 내장이 밖으로 흘러나와 사타구니 아래에 늘어져 있었다.

무림에서 수많은 경험을 쌓은 부옥령이지만 이런 참혹한 광경은 처음 보았다.

더구나 자신이 이렇게 만들었기 때문에 그녀는 착잡한 표정을 지었다.

사람이 이 정도 중상을 입으면 십중팔구 죽는데 현수란이 살아 있는 것은 기적이다.

지난번 부옥령은 진검룡과 대결을 벌였다가 심한 중상을 입었는데 그가 그가 치료를 해서 거짓말처럼 말끔하게 나은 적이 있었다.

도대체 그가 어떤 방법으로 치료를 했는지 지금까지도 신기하기 짝이 없고 또 믿어지지 않았다.

"하아… 주군… 저… 얼마나… 다쳤… 나요……?"

현수란은 눈을 반쯤 뜨고서 진검룡을 바라보며 물었다.

"별것 아니다."

"제 눈으로… 보… 고 싶어요……."

"그만둬라."

"주군……."

"그거참……."

진검룡은 가만히 있다가 현수란의 뒷머리를 받치고 조심스럽게 들어 올렸다.

　이즈음 현수란은 고통의 한계점을 넘어섰는지 그다지 고통스러워하는 것 같지 않았다.

　거의 앉는 자세가 되자 그녀는 자신의 가슴과 배를 내려다보더니 희미하게 웃었다.

　"하… 하… 하… 꼴이 엉망이로군요……."

　그녀는 눈동자를 옆으로 하면서 진검룡을 보려고 애쓰며 말했다.

　"저… 살려주실 거죠……?"

　"그래."

　"이런… 꼬라지로… 면… 목이… 없어… 요……."

　그렇게 현수란은 정신을 잃었다.

　진검룡은 반시진에 걸쳐서 현수란의 상처를 말끔하게 치료해 주었다.

　옆에서 지켜보고 있는 부옥령의 얼굴에는 시종 경악과 감탄의 표정이 지워지지 않았다.

　그녀가 보기에도 현수란의 상처는 극심하기 짝이 없다.

　진검룡이 잠시 손바닥을 대고 진기를 주입하기만 하면 감쪽같이 치료가 돼버렸다.

진검룡은 현수란의 상처마다 손바닥을 밀착시키고 때로는 쓰다듬고 문지르면서 순정기를 주입하여 반시진 만에 깨끗하게 치료를 했다.

현수란은 나신으로 누워 있지만 피투성이라서 몸이 전혀 보이지 않았다.

진검룡은 현수란은 물끄러미 굽어보면서 무슨 생각에 골똘하게 잠겼다.

그는 이번 기회에 현수란의 생사현관 즉, 임독양맥을 소통시켜 줄까 하고 생각하는 것이다.

그는 원래 민수림에게 임독양맥 소통과 벌모세수, 환골탈태 등에 대해서 자세히 배워두었다.

누구에게 그것을 해주기 위해서가 아니라 단지 궁금증과 배우기 좋아하는 성격 때문이었다.

그의 한 번 들으면 잊어버리지 않는 탁월한 기억력과 민수림과의 만남 초기에 혈도에 대해서 완벽하게 터득해 두었기 때문에 다른 사람의 임독양맥을 소통시키는 일은 그다지 어렵지 않을 터이다.

임동양맥을 소통하려면 최소 삼백여 년의 공력이

있어야 하는데 그는 현재 사백 년을 웃도는 어마어
마한 공력을 지니고 있으니 아무 문제가 되지 않는
다.

第八十四章

주인님이 천상천(天上天)

　부옥령은 방을 나갔다가 들어왔는데 진검룡은 그때까지 생각에 잠겨 있다.

　그는 행여 실수라도 하지 않을까 해서 임독양맥 소통하는 방법을 처음부터 끝까지 속으로 몇 번이나 반추하면서 숙지하고 있는 중이다.

　잠시 후에 부옥령의 지시를 받은 청랑이 따뜻한 물이 가득 담긴 커다란 나무 물통을 갖고 들어왔다.

　부옥령은 진검룡의 생각이 끝나기를 기다렸다가 조심스럽게 물었다.

"주군, 씻길까요?"

"내가 하마."

대답하면서 그는 손을 내밀었다.

부옥령은 수건을 나무 물통에 담갔다가 충분히 적셔서 물을 짠 후에 진검룡에게 공손히 건넸다.

부옥령은 그가 직접 현수란의 몸을 닦는 것을 보면서 이상하게 여기지 않았다.

현수란이 죽음에 이를 정도로 심한 중상을 입었다가 치료를 끝낸 직후이기 때문에 모르는 사람이 그녀의 몸을 닦다가 자칫 혈도라도 잘못 건드릴 수도 있으므로 치료자인 진검룡이 닦는 것이 가장 좋은 방법이다.

부옥령은 눈도 깜빡거리지 않고 진검룡의 동작 하나하나를 주시했다.

약 일각의 시간이 흘렀지만 그녀는 아직 진검룡이 무엇을 하는 것인지 알아내지 못했다.

진검룡은 처음에 침상 옆의 의자에 앉아서 현수란의 몸 이곳저곳 혈도들을 두드리고 문지르며 타격했었다.

그러다가 그렇게 하는 것이 불편해서 침상으로 올라갔는데 그것도 여의치 않았는지 아예 현수란 몸에 걸터앉아서 정신 나간 사람처럼 두 손을 현란하게 움직이고 있다.

부옥령이 보기에 진검룡은 현수란에게 추궁과혈수법을 전개하는 것 같았다.

그러는 걸 보면 아직도 현수란의 치료가 채 끝나지 않은 모양이다.

추궁과혈수법이란 아픈 사람의 온몸 혈도와 혈맥, 근육, 뼈마디 등을 주무르고 쓰다듬고 어루만져서 치료하는 수준 높은 치료 수법이다.

부옥령이 보기에 진검룡은 추궁과혈수법을 처음 해보는 것 같았다.

그의 동작이 어딘가 약간 서툰 듯하면서 땀을 뻘뻘 흘리는 걸 보면 짐작할 수가 있다.

쿠쿵!

그런데 어느 순간 현수란의 몸속에서 큰 종을 치듯이 둔중한 음향이 터져 나왔다.

그와 동시에 그녀가 헛바람을 들이켜면서 정신을 차리며 번쩍 눈을 떴다.

"하악!"

그때 그녀는 똑바로 누운 자세였으며 그녀의 하체에는 진검룡이 그녀를 보면서 걸터앉아 흡사 추궁과혈수법처럼 보이는 동작을 부지런히 행하고 있었다.

물론 진검룡은 행위에 열중한 탓에 현수란이 깨어난 것을 알지 못했다.

혼절했다가 깬 현수란은 자신에게 벌어지고 있는 일 때문에 소스라치게 놀랐다.

바로 그 순간 부옥령의 다급한 전음이 현수란의 고막을 두들겼다.

[입 열지 마라! 주군께서 지금 너의 임독양맥을 소통시키고 계시는 중이다!]

"……!"

방금 깨어난 현수란의 머릿속이 복잡하게 뒤엉키고 진검룡을 주시하는 그녀의 눈이 화등잔처럼 커졌다.

사실 부옥령은 방금 전에 현수란 몸속에서 쿠쿵! 하고 둔중한 음향이 터지는 순간 비로소 진검룡이 무엇을 하고 있는지 깨달을 수 있었다.

그는 다름 아닌 현수란의 임독양맥을 소통시켜 주고 있던 것이다.

부옥령은 전혀 예상하지 않았던 일에 너무 놀랐으나 그 순간 현수란이 정신을 차리고 깨어나는 것을 보고 다급하게 전음으로 알려준 것이다.

'주군께서 내 임독양맥을 소통하시는 거라고……?'

경악하고 있는 현수란의 귀에 또다시 부옥령의 전음이 다급하게 전해졌다.

[마음을 가라앉히고 절대 동요하지 마라! 동요하면 주군과 너 둘 다 주화입마에 빠진다!]

현수란은 잠시 동안 마음이 어지러웠으나 이윽고 길게 호흡하면서 침착하려고 애썼다.

바로 그 순간 현수란은 자신의 하체에서 묵직한 음향이 터지는 것을 느꼈다.

쿠쿵!

'아앗!'

다음 순간 현수란은 하체 사타구니 한가운데가 뻥 뚫리면서 무언가 거센 물줄기처럼 콸콸 쏟아져 들어오는 것 같은 느낌을 받았다.

쏴아아!

'아아……'

진검룡이 그녀의 하체에 걸터앉아 있는 자세이기 때문에 마치 그 물줄기가 그에게서 폭포처럼 쏟아져 내리는 것 같은 착각이 들었다.

또한 그것은 어찌 보면 진검룡과 현수란이 정사를 나누고 있는 느낌 같기도 하였다.

"후우……."

그때 진검룡이 길게 한숨을 토하면서 현수란의 몸에서 두 손을 뗐다.

그는 현수란 몸에서 내려 침상 아래로 내려오다가 약간 비틀거렸다.

부옥령이 얼른 그를 부축하고서 은근슬쩍 전음을 보냈다.

[주인님, 잠시 쉬었다가 저도 임독양맥 소통해 주세요.]

"너……."

진검룡이 어이없는 표정을 짓자 부옥령이 제 딴에 한껏 교태 어린 표정을 지으면서 몸을 꼬았다.

[아이… 주인님……! 해주세요……! 네?]

진검룡은 울컥! 속이 뒤집혀서 넘어올 것 같은 표정을 지었다가 힘겹게 고개를 끄떡였다.

"이… 일단 쉬자."

[오호홍! 쉬세요! 주인님……!]

부옥령은 눈을 치뜨고 애교를 부리면서 진검룡 어깨에 뺨을 비볐다.

그녀는 자신이 태어나서 처음으로 부려본 애교가 먹혔다고 생각하지만 그것은 착각이다.

진검룡은 그녀의 애교가 역겨워서 다급히 쉬어야겠다고 말한 것이다.

그로부터 일각 후에 진검룡은 다시 부옥령의 임독양맥을 소통시키기 위해서 침상 앞에 서 있다.

실내에는 진검룡과 부옥령 둘 뿐이다.

침상에 앉은 부옥령이 어색한 표정으로 물었다.

"벗… 어야 하나요?"

아까 현수란은 상처를 치료하고 씻어낸 직후였기 때문에 벗은 상태에서 임독양맥을 소통했지만 부옥령은 굳이 그럴 필요가 없다.

침상 옆에 서 있는 진검룡이 미간을 좁힌 표정으로 부옥령에게 물었다.

"너는 어째서 임독양맥을 소통하고 싶은 것이냐?"

부옥령은 침상에서 내려와 진검룡 앞에 서서 두 손을 앞에 모으고 조심스럽게 대답했다.

"주인님, 현수란이 임독양맥이 소통되면 얼마나 고강해질 것 같은가요?"

부옥령은 자기 입으로 한 약속처럼 진검룡과 단둘이 있을 때면 자신을 한없이 낮춰서 여종처럼 굴었다.

진검룡은 현수란의 공력수위를 알고 있었으며 임독양맥 소통 이후에 얼마나 증진했는지 점검했으므로 거기에 대해서는 잘 알고 있다.

"글쎄… 사 갑자는 넘을 거야."

진검룡이 처음에 현수란을 만났을 때 그녀의 공력은 백십 년 정도였다.

오룡방주였던 손록이 백이십 년 수준이었으니까 현수란의 공력이 결코 낮은 게 아니었다.

이후 현수란은 영웅문 휘하에 들어와서 지난 반 년 동안 정신없이 무공연마에 매달렸으며 그 결과 이십 년 정도 공력이 증진되어 백삼십 년이 됐었다.

무림인이 임독양맥을 소통했을 때 공력이 급증진되는 수치는 일정하지가 않다.

최고의 신체적 자질을 지니거나 최상의 심법으로 얻은 순정의 공력이라면 임독양맥을 소통했을 경우 자신의 공력에 거의 두 배에 달하는 공력으로 증진될 수 있다.

반대로 신체적 자질이 최저이거나 사공 혹은 마공 따위 좌도방문의 무공을 익혔다면 임독양맥이 소통되더라도 절반 정도 공력이 증진되는 것에 그친다.

현수란은 최고는 아니지만 어느 정도 괜찮은 신체적 자질에 꽤 쓸 만한 심법으로 공력을 얻었으므로 기본 백삼십 년 공력에서 두 배에 조금 미치지 못하는 백십 년이 증진되어 도합 사 갑자 이백사십 년 공력이 되었다.

부옥령은 진중한 표정으로 말했다.

"그렇기 때문에 저도 임독양맥을 소통해야 하는 겁니다. 저는 무조건 현수란보다 고강해야 합니다."

"네 공력은 얼마냐?"

"저는……."

부옥령은 얼른 대답하지 않았다.

진검룡이 냉정하게 말했다.

"너의 임독양맥을 소통시켜 주지 말아야 할 이유가 한 가지 더 생기는군."

"마, 말씀드리겠습니다."

"궁금하지도 않다."

진검룡이 몸을 돌려서 문 쪽으로 가려는 동작을 취하자 부옥령이 급히 말했다.

"사 갑자 반입니다."

그녀를 향해서 돌아서는 진검룡 얼굴에 어이없는 표정이 가득 떠올랐다.

"사 갑자 반이라면 이백칠십 년 공력이 아니냐? 수란보다도 심후하지 않느냐?"

아까 부옥령이 이백칠십 년 공력으로 공격했기에 백삼십 년 공력의 현수란이 박살 났던 것이다.

부옥령은 진지하게 말했다.

"현수란 공력이 이백사십 년으로 증진되었기에 저

는 그녀보다 조금 고강할 뿐입니다. 저는 압도적으로 현수란보다 고강하기를 원하고 그래야만 합니다."

"너……."

진검룡이 슬쩍 인상을 쓰자 부옥령은 자신이 방금 너무 딱딱한 말투라서 그의 기분을 상하게 한 것이라고 오해를 하여 급히 공손하게 말했다.

"주인님, 소인, 아니, 소첩(小妾)은 좌호법의 신분으로서 수하들보다 압도적으로 고강해야지만 문파 내의 기강을 바로잡을 수가 있어요."

부옥령은 간드러지고 애교가 많은 여자가 하는 행동들을 기억해 내고 그대로 실행하려고 애썼지만 뭔가 어설펐다.

그녀는 진검룡의 팔을 잡고 눈을 깜빡거리며 콧소리를 냈다.

"아이… 주인님, 꼭 해주셔야만 해요. 주인님과 본문을 위해서 그래야만 해요."

진검룡은 오만 정이 다 떨어졌다는 듯 질겁했다.

"야, 그만해라."

부옥령 모습이 꿈에 나올까 봐 두려웠다.

진검룡이 께름칙한 이유가 하나 더 있다.

"너는 이백칠십 년 공력이니까 임독양맥이 소통되면 나보다 훨씬 고강해진다."

부옥령은 진지한 얼굴로 물었다.

"주인님 공력이 얼마인가요?"

진검룡은 고개를 모로 꼬았다.

"정확하게는 모르지만 약 사백이십 년쯤 될 게다."

"아아… 맙소사. 그래서 제가 주인님께 형편없이 당했던 거로군요?"

"네가 임독양맥이 소통되면 그 반대 상황이 되지 말라는 법이 없잖느냐?"

그러자 부옥령은 갑자기 진검룡 앞에 무너지듯이 털썩 무릎을 꿇었다.

"주인님께선 소첩의 주인님이자 절대자이십니다."

"여종이 주인을 두들겨 패지 말라는 법은 없지."

부옥령은 진검룡을 우러러보며 비장한 표정을 지었다.

"그렇게 말씀하신다면 주인님께서는 소첩을 전혀 모르시는 거예요."

"내가 너를 어떻게 알겠느냐?"

진검룡이 듣기 싫다는 듯한 표정으로 팔짱을 끼자 부옥령은 절절한 표정을 지었다.

"소첩은 지금 이 순간까지 배신은 곧 죽음이라고 믿으면서 살아왔어요. 그 믿음은 소첩이 죽는 날까지 결코 변하지 않을 거예요."

진검룡은 사람 보는 눈이 없는 편이지만 부옥령이 자신을 배신할 것이라고는 생각하지 않았다.

왜냐고 물으면 딱히 대답이 궁하겠지만 하여튼 부옥령에 대한 느낌이 그랬다.

부옥령은 진심 어린 표정으로 말을 이었다.

"그리고 주인님께선 소첩의 벗은 몸을 구석구석 만지면서 치료하셔서 소첩을 죽음에서 살려주신 분인데 어찌 배신할 수 있겠어요?"

부옥령은 그렇게 말했다.

부끄러움에 얼굴은 물론 목덜미까지 새빨갛게 물들었다.

"음."

부옥령은 며칠 전에 호법 자리를 놓고 진검룡에게 덤볐다가 온몸 여덟 군데에 구멍이 뚫리는 엄중한 중상을 입고 그에게 치료를 받아 겨우 목숨을 건졌다.

그때 진검룡은 치료 때문에 그녀의 모두 옷을 벗기고 만질 수밖에 없었다.

"맹세할게요. 소첩이 주인님을 해치거나 배신하면 스스로 목숨을 끊겠어요."

                *   *   *

진검룡은 문득 생각나는 게 있어서 진중하게 물었다.

"너는 나 이전에 누군가를 모셨던 적이 있느냐?"

부옥령은 보일 듯 말 듯 움찔했다가 잠시 후에 대답했다.

"있어요."

"누구였느냐?"

"말씀드릴 수 없어요."

진검룡은 캐묻지 않았다. 누구에게나 한두 가지쯤 비밀은 있는 법이다.

"그는 너에게 어떤 존재였느냐?"

부옥령의 얼굴이 엄숙함으로 물들었다.

"그분은 저의 목숨이며 신(神)입니다."

진검룡은 옳다 싶어서 즉시 물었다.

"나하고 그를 비교하면 너에게 누가 더 소중하냐?"

"……."

부옥령은 대답하지 못하고 얼굴에 복잡한 표정이 떠올랐다.

진검룡은 부옥령을 만난 지 오래되지 않았지만 그녀가 절대로 거짓말을 못 한다는 사실을 간파했다.

부옥령이 매우 어렵게 대답했다.

"그분이십니다."

그렇다고 해도 진검룡은 질투나 섭섭함 같은 것은 조금도 느끼지 못했다.

다만 이제 곧 부옥령의 임독양맥 부탁을 거절할 수 있게 됐다는 사실에 그저 신날 뿐이다.

그는 짐짓 근엄한 목소리로 요구했다.

"네가 그 사람보다 나를 더 소중하게 여기게 되면 너의 임독양맥을 소통시켜 주마."

"주인님……."

"나를 타인보다 소중하게 여기지 않는 여종에게 자비를 베풀고 싶지는 않다."

부옥령은 깜짝 놀라서 말을 잇지 못했다.

진검룡은 드디어 자신의 한 수가 먹힌 것이라고 여겨서 문을 향해 느릿느릿 걸어갔다.

"하하하! 너는 거짓말을 못 하니까 임독양맥 소통은 다음 생에서나 소통하거라!"

"주인님, 소저를 사랑하시나요?"

부옥령이 불쑥 묻자 진검룡은 어? 하는 표정을 지었다.

"수림 말이냐?"

"그래요."

"그건 왜 묻느냐?"

"소첩의 대답이 사랑에 대한 것이라서요."

"그래?"

"꼭 대답해 주세요."

진검룡은 까칠까칠한 턱을 쓰다듬다가 대답했다.

"사랑한다."

"얼마나 사랑하시죠?"

"네가 신이라고 여기는 그 사람을 대하는 것보다 천만 배 더 사랑하고 있다."

부옥령은 그렇게 말하는 진검룡의 두 눈에서 부연 서기 같은 것이 뿜어지고 얼굴에 행복한 표정이 잔물결처럼 퍼지는 것을 보았다.

누가 뭐라고 해도 그것은 진실한 사랑이다.

부옥령은 결심한 듯 입술을 세게 깨물고 나서 착 가라앉은 목소리로 말문을 열었다.

"지금 이 순간부터 저는 제가 신으로 모시는 그분보다 주인님을 더 소중하게 모실 것을 맹세합니다."

부옥령에게는 천상옥녀가 절대신이지만 장차 진검룡과 천상옥녀가 부부가 된다는 가정을 하면 진검룡을 절대신의 반열에 올려놓고 그에게 조금 더 충성하는 것도 나쁘지 않다는 생각이다.

"옥령, 너……."

진검룡은 부옥령의 뜻하지 않은 변심에 적잖이 놀라서 말을 잇지 못했다.

"너 왜 그러느냐?"

"그러기 위해서 주인님께 한 가지 결례를 하겠어요."

"무슨 결례?"

슥…….

부옥령이 말하면서 가까이 다가섰다.

"소첩을 위해서 부디 주인님께서 잠시만 가만히 계셨으면 좋겠어요."

"……."

진검룡은 부옥령이 무얼 어쩌려는 것인지 몰라서 멀뚱하게 서 있을 뿐이다.

부옥령은 두 사람의 몸이 마주 닿을 만큼 가까

이 다가서더니 두 손으로 진검룡의 양팔을 잡았다.

그러고는 순식간에 그의 마혈과 아혈을 제압해 버렸다.

파파파팟!

'……!'

진검룡은 움찔 놀라서 눈을 크게 떴다.

그때 부옥령이 한껏 까치발 발돋움을 하면서 두 손으로 진검룡의 뺨을 잡고 입을 맞추었다.

'이게 무슨!'

그때 부옥령의 전음이 전해졌다.

[용서하세요, 주인님. 소첩이 원래 모시던 분보다 주인님을 더 소중하게 여기려면 이래야만 해요. 소첩이 주인님을 첫 남자로 인정해야 하는 것입니다.]

'말도 안 되는 헛소리를!'

[주인님, 믿기 어려우시겠지만 소첩은 숫처녀입니다. 평생 남자 경험이 한 번도 없었어요. 당연히 입맞춤도 처음이에요. 그러니까 당신을 주인님이면서 동시에 첫 남자로 만들어야 해요. 그래야지만 제가 모시던 신보다도 주인님이 소중해질 수 있으니까요.]

이상한 이론이지만 진검룡으로서는 전혀 이해하지 못할 얘기가 아니다.

그때 부옥령이 두 팔로 그의 목을 감더니 바들바들 떨면서 그의 혀를 빨아들였다.

부옥령은 무려 일각 만에 진검룡의 혀를 놓아주고 물러나면서 그의 마혈과 아혈을 풀어주었다.

남자 경험이 한 번도 없으며 입맞춤이 처음이라더니 무려 일각씩이나 진검룡의 입술과 혀를 마음껏 농락했다.

"네 이년!"

진검룡이 벌컥 화를 내며 일장을 발출하려는데 느닷없이 부옥령이 바닥에 풀썩 주저앉았다.

쿵!

"아……."

진검룡은 그녀가 안색이 해쓱하고 몸을 가늘게 떠는 것을 보고 급히 그 앞에 한쪽 무릎을 꿇으면서 그녀의 양어깨를 잡았다.

"옥령, 왜 그러냐?"

"아아… 주인님, 너무 황홀해서 온몸의 힘이 빠져 죽을 것 같았어요……."

"뭐시라?"

"그게 그렇게 좋은 줄 몰랐어요……."

진검룡은 어이가 없었으나 부옥령의 두 눈에서 비 오듯이 눈물이 흐르는 것을 보고는 그녀가 진심을 말하고 있음을 깨달았다.

부옥령의 느닷없고 또 무례한 행동에 진검룡은 화가 났으나 그녀의 모습을 보자 눈 녹듯이 마음이 풀어졌다.

그는 그녀의 어깨에 손을 얹고 염려스럽게 물었다.

"괜찮으냐?"

"하아……."

부옥령은 길게 한숨을 내쉬고는 그를 바라보았다.

"주인님, 죄송해요."

진검룡은 짐짓 무서운 표정을 지었다.

"또 그러기만 해봐라."

"주인님은 소첩의 첫 남자가 되셨어요."

"참나……."

진검룡이 어이없다는 표정을 짓자 부옥령이 공손히 부복하면서 머리를 조아렸다.

"이제부터 그분보다 주인님을 더 소중하게 모시겠어요."

"어떻게 그럴 수가 있는 것이냐?"

부옥령이 수줍게 말했다.

"주인님께선 소첩의 지아비이십니다."

"지아비라니… 말도 안 된다."

"소첩만 그리 여기면 됩니다."

이런 상황이라서 진검룡은 벙어리 냉가슴 앓듯이 절대로 부옥령을 꾸짖지 못하게 돼버렸다.

"알았다. 일어나라."

진검룡이 일으키자 부옥령은 정이 듬뿍 담긴 눈빛으로 그를 바라보았다.

"주인님, 사랑해요."

"허어… 너 몇 살이냐?"

"사십이 세입니다."

진검룡은 기가 막혔다.

"내가 올해 이십일 세니까 너는 어머니 나이다."

부옥령은 진지한 표정을 지었다.

"주인님께선 사랑에 나이가 있다고 생각하시나요?"

"그것은 아니다."

"만약 소저의 춘추가 많다면 사랑하지 않으실 건가요?"

진검룡은 정말 그런 일이 있기라도 한 것처럼 손을 저으며 단호하게 말했다.

"절대 그럴 리가 없다. 나는 수림이 어떤 상황이더라도 죽도록 사랑한다."

"그런 거예요. 소첩의 사랑은."

진검룡이 민수림을 사랑하고 있는 만큼 부옥령 자신도 진검룡을 사랑한다는데 할 말이 없다.

"음……."

"주인님께서도 소첩을 조금 사랑해 주시면 기쁘겠지만 그러시지 않아도 소첩은 목숨처럼 주인님을 사랑합니다."

진검룡은 부옥령의 돌발 행동과 자신을 사랑한다는 말이 황당하지만 그녀가 워낙 논리정연하고 진지해서 고개를 끄떡일 수밖에 없었다.

"알았다."

부옥령은 두 손을 앞에 모으고 순종적이면서도 우아하게 그를 바라보면서 물었다.

"소첩의 임독양맥을 소통해 주실 건가요?"

진검룡은 어이없는 표정을 지었다.

"너 같으면 이런 상황에서 거절할 수 있겠느냐?"

"고마워요."

부옥령은 지금까지와는 완전히 다른 진정한 여자의 자태와 언행으로 진검룡을 대했다.

사르락······.

다른 곳을 보면서 임독양맥 소통에 대해서 생각하고 있던 진검룡은 옷깃 스치는 소리에 그쪽을 쳐다보다가 가볍게 움찔 놀랐다.

침상에 어느새 부옥령이 나신이 되어 반듯한 자세로 누워 있지 않은가.

"옥령."

부옥령은 차렷 자세로 단단하게 굳어 있다가 그를 쳐다보더니 얼굴이 홍시처럼 빨개졌다.

진검룡은 잠시 그녀의 나신을 바라보다가 침상으로 다가가며 말했다.

"시작하겠다."

그녀가 손으로 자신의 하체를 가리켰다.

"주인님, 올라오세요."

아까 그가 현수란의 임독양맥을 소통할 때 앉았던 자세를 잘 봐두었던 모양이다.

진검룡은 부옥령의 임독양맥을 성공리에 소통시켜 주고 나서 집무실에 틀어박힌 채 벌써 두 시진 넘게 업무를 보고 있는 중이다.

그 는 아 까 부 옥 령 의 임 독 양 맥 을 소 통 시

킨 직후에 그녀의 공력수위를 가늠해 보려
고 진맥을 해보았으나 뜻을 이루지 못했었
다.

공력수위를 가늠하려면 진검룡이 부옥령 체내
로 진기를 주입해야 하는데 그러려고 하니까 그녀
의 공력이 그의 진기를 자꾸만 밀어내는 것이 아
닌가.

아마도 그런 현상이 일어나는 이유는 부옥령이 진검룡보다
공력수위가 높아졌기 때문일 것이다.

그녀가 진검룡보다 고강해진 것이 분명하지만 그는 별로 개
의치 않았다.

아니, 오히려 수하이며 여종, 그리고 그를 목
숨처럼 사랑한다는 여인이 비길 데 없이 고강해
졌으므로 든든하고 뿌듯한 마음을 금할 길이 없
다.

수북이 쌓인 보고서 뭉치를 하나씩 보고 나서 거기에 자신
의 서명을 남기고 있던 진검룡은 무슨 생각을 하고는 동작을
멈추었다.

'수림의 임독양맥을 소통시켜 주면 어떨까?'

진검룡이 알고 있는 바로는 당금 천하 무림에서 민수림이
가장 고강하다.

그런데 부옥령이 임독양맥을 소통해서 아마도 민수

림보다 더 고강하거나 그녀와 비슷한 수준이 됐을 터이
다.

진검룡은 부옥령이 민수림을 해칠 것이라는 생각은 반 푼
어치도 하지 않는다.

그렇지만 임독양맥을 소통해서 공력을 단번에 증진시킬 수
있는데 그러지 않으면 손해다.

이따 민수림을 만나면 그 일을 의논해 봐야
겠다고 생각하면서 보고서 하나를 집어 들었
다.

강비와 창화개가 영웅문 내에 조직 하나를 만드는 것에 대
한 보고서이다.

여러 장이지만 세 사람이 올린 것으로 하나는 강
비와 창화개가 공동으로, 또 하나는 내문총관인 한
림이, 그리고 마지막 한 장은 총무장이 올린 보고서
다.

강비와 창화개의 보고서는 영웅문 내에서 개방분타
같은 조직을 어떤 식으로 어떻게 만들겠다는 내용이
다.

한림은 강비와 창화개의 조직을 내문 휘하에 두었으면 좋겠
다는 내용이고, 총무장은 이 조직을 영웅문 내의 어느 위치
어떤 전각에 둘 것이고 매월 경비가 얼마 정도 소요될 것이라
는 예산에 대한 보고서다.

진검룡은 세 개의 보고서에 차례로 자신의 이름을 적어 서명을 한 후에 새로운 조직명을 생각나는 대로 '풍영당(風影堂)'이라고 적어주었다.

第八十五章

반로환동(反老還童)

집무실을 나선 진검룡은 민수림이 있는 영호전에 가려고 계단 쪽으로 걸어갔다.

그때 저쪽에서 날렵한 하늘색 경장 차림의 젊은 여자가 나는 듯이 그에게 달려왔다.

진검룡은 그녀를 보는 순간 저절로 걸음이 멈춰지고 눈이 화등잔처럼 커지며 경악했다.

십칠팔 세 정도의 소녀가 살포시 미소를 지으면서 다가오는데 진검룡은 태어나서 이렇게 아름다운 여자는 민수림 말고는 본 적이 없었다.

정말이지 눈이 부셔서 말문이 막히고 눈도 깜빡거리지 않고 그녀를 주시했다.

소녀는 진검룡 한 걸음 앞까지 바싹 다가와서 멈추어 생글생글 웃었다.

"주인님, 어디 가시는 건가요?"

"……?!"

순간 진검룡의 머릿속에서 벼락이 치더니 요란한 천둥소리가 굉음을 울렸다.

소녀의 목소리는 풀잎끼리 부대끼면서 사근거리며 졸졸 흐르는 시냇물처럼 영롱한데 왠지 귀에 익었다.

"맙소사… 설마……."

그가 귀신을 본 것 같은 표정을 짓자 소녀는 의아한 표정을 지었다.

"왜 그러세요, 주인님?"

진검룡에게 '주인님'이라고 부를 사람은 부옥령과 청랑 둘뿐인데 눈앞의 소녀는 절대 청랑이 아니다.

"너… 옥령이야?"

"네, 주인님."

진검룡의 얼굴에 극도의 어이없음이 가득 떠올랐다.

"도대체 어떻게……."

절세소녀는 자신이 부옥령이라고 했다. 그리고 진검룡이 듣기에도 부옥령 목소리와 비슷했다.

아니, 그녀 목소리보다 훨씬 앳되고 청아했다. 만약 이 목소리가 이십여 년쯤 지난다면 진검룡이 알고 있는 부옥령의 목소리가 될 터이다.

목소리는 그렇다고 치자. 이 절세소녀가 부옥령이 맞다면 이 천하절색의 미모는 어찌 된 것이고 사십이 세의 그녀가 어떻게 십칠팔 세가 된 것이라는 말인가.

문득 진검룡은 뭔가 짚이는 것이 있다.

'혹시……'

아까 진검룡이 부옥령에게 임독양맥을 소통해 준 이후 그녀의 공력이 급증했을 텐데 그래서 반로환동(反老還童)의 경지에 오른 것이 아닌가 하는 생각이 들었다.

무공의 최고 상위 단계가 인간의 육신을 지니고 하늘로 승천한다는 우화등선(羽化登仙)이다.

우화등선 바로 아래가 음신(陰神)과 양신(陽神)을 자유롭게 만들 수 있는 출신입화지경(出神入化之境) 또는 화경(化境)이라는 경지다.

그리고 바로 그 아래가 흰머리가 검어지고 빠진 치아가 다시 나며, 늙음을 돌이켜서 아이로 돌아간다는 이른바 반로환동인 것이다.

그리고 반로환동 아래로는 육식귀원(六息歸元), 등봉조극(登峰造極), 반박귀진(反撲歸眞), 노화순청(爐火純靑), 오기조원(五氣調元), 삼화취정(三花聚精)의 순서로 이어진다.

무림인이 맨 아래 단계인 삼화취정의 경지에 오르는 것은

만 명에 한 명 나올까 말까 할 정도로 어려운 일이다.

그래서 결국 삼화취정의 경지에 도달한다면 절정고수의 반열에 드는 것이고 그보다 한 단계 위인 오기조원이면 초절고수라고 할 수 있다.

노화순청부터 초극고수인데 반박귀진까지라고 봐야 한다는 설이 우세하다.

무공으로 등급을 나눌 수 있는 사실상 최고 상위인 등봉조극과 육식귀원에 이르면 절대고수(絶代高手)이며 사실상 천하무적이라고 할 수 있다.

그러므로 육식귀원보다 한 단계 상위인 반로환동은 거의 반신반인(半神半人)의 경지라고 봐야 한다.

진검룡의 짐작에 의하면 임독양맥이 소통된 부옥령이 바로 그 반로환동의 경지에 이르렀을 것이라는 얘기다.

진검룡의 짐작은 다분히 설득력이 있다. 그래야지만 사십이세의 부옥령이 갑자기 십칠팔 세로 젊어진 사실이 납득이 되기 때문이다.

진검룡은 다시 한번 확인했다.

"너 옥령 맞지?"

부옥령은 의아한 표정을 지었다.

"그래요, 주인님. 갑자기 왜 그러시는 건가요?"

그녀는 부옥령이 틀림없다. 진검룡에게 갑자기 왜 그러느냐고 묻는다면 그녀는 아직 자신이 젊어졌다는 사실을 모르고 있는 것이 분명하다.

하긴, 여태까지 운공조식으로 임독양맥 이후의 공력을 갈무리했을 테니까 제 모습을 볼 겨를이 없었을 것이다.

진검룡은 부옥령의 손을 잡고 자신이 나온 집무실을 향해 빠른 걸음으로 걸어갔다.

집무실 벽에 걸려 있는 동경(銅鏡:구리거울)에 자신의 얼굴을 비춰본 부옥령은 그 자리에 굳어버렸다.

"아아……."

그녀의 입에서는 가느다란 신음 소리만 흘러나오고 몸이 바들바들 떨렸다.

부옥령은 주위를 둘러보았다. 옆이나 뒤에 자신 말고 다른 여자가 서 있는지 확인하려는 것이다.

그러나 여자는 없고 옆에 진검룡이 서서 그녀를 보고 있을 뿐이다.

"믿어지지 않아요……."

자신이 젊어졌다는 사실을 전혀 모르고 있던 부옥령은 충격에서 헤어날 줄 몰랐다.

"이 얼굴은 제 소녀 시절의 모습이에요… 어떻게 이럴 수가 있는지……."

그녀는 이십삼사 년 만에 자신의 소녀 적 모습을 다시 보게 되어 감회가 새로웠다.

"내 생각에 너는 반로환동의 경지에 오른 것 같다."

"소첩이 반로환동에요?"

진검룡의 말에 부옥령은 자신의 얼굴을 쓰다듬고 있다가 문득 어떤 생각 때문에 동작을 멈추었다.

"혹시……."

그는 자신의 어깨와 가슴, 허리를 쓰다듬듯이 이리저리 만져보다가 눈을 커다랗게 떴다.

"맙소사… 몸도 달라졌어요……."

사십이 세의 얼굴 모습이 십칠팔 세로 젊어졌다면 당연히 육체도 젊어졌을 것이다.

진검룡이 부옥령을 치료할 때와 임독양맥을 소통시켜 줄 때 눈으로 보고 손으로 만져본 바에 의하면 그녀의 육체는 이삼십 대 젊은 여자와 비교해서 추호의 손색없이 탱탱하고 육감적이었다.

아니, 늘씬하고 풍만한 몸매는 오히려 수십만 명 중에 한 명을 찾아보기 어려울 정도로 완벽했었다.

부옥령은 진검룡의 손을 잡고 자신의 가슴으로 향했다.

"정말이에요. 만져보세요."

"어허!"

진검룡은 눈을 부릅뜨며 얼른 손을 뺐다.

부옥령은 감격한 얼굴로 눈물을 펑펑 흘리면서 진검룡 앞으로 다가왔다.

"주인님……."

진검룡은 빙그레 미소 지었다.

"축하해."

"고마워요… 다 주인님 덕분이에요……."

"옥령, 너는 정말 예쁘다."

부옥령은 울면서 기쁜 표정을 지었다.

"정말인가요?"

"그래. 천하절색이다."

부옥령이 진검룡에게 더 바싹 다가들어 두 사람 몸의 앞면이 맞닿았다.

"소첩이 예쁜가요, 아니면 소저께서 예쁜가요?"

진검룡과 깊은 입맞춤을 하기 전이라면 이런 말은커녕 생각을 하는 것조차 불경스럽게 여겼던 부옥령이다.

"그야……."

진검룡은 그야 당연히 민수림이라고 대답하려다가 말을 꿀꺽 삼키고 말았다.

쉽게 대답할 게 아니기 때문이다.

그의 턱 아래에서 커다란 눈으로 말끄러미 올려다보고 있는 부옥령은 정말이지 천하제일미라고 해야 마땅할 정도의 미색이다.

부옥령과 견줄 수 있을 만한 미색은 오로지 민수림 한 사람뿐일 것 같았다.

부옥령은 진검룡이 대답을 하지 못하는 것이 너무나 기뻐서 가슴이 터질 것만 같았다.

부옥령은 어렸을 때부터 미색이 뛰어나서 장차 천하제일미가 될 것이라는 말을 귀가 따갑게 들었다.

그러나 그녀가 일곱 살 때 가문이 갑자기 멸문하여 그녀 혼자만 혈혈단신 살아남아서 구파일방의 하나인 아미파에 입문하게 되면서 세상과는 단절된 삶을 살아야만 했기에 그녀의 절색미모는 불가에 묻혀 버리고 말았었다.

그녀가 세상에 나온 것은 그로부터 이십 년이 흐른 이십팔 세 때이며, 그때부터 어린 민수림을 그림자처럼 최측근에서 모셔왔었다.

부옥령은 천상옥녀의 미모가 단연코 천하제일이라고 생각하는데 진검룡이 얼른 대답을 하지 못하는 것을 보고는 기뻐서 죽을 것만 같았다.

부옥령은 그의 가슴에 포근히 안기면서 꿈을 꾸는 듯한 목소리로 속삭였다.

"대답하지 않으셔도 돼요."

"어… 그래?"

부옥령은 진검룡만 대하면 점점 간덩이가 커진다는 사실을 자각하지 못했다.

"설마 소첩이 소저보다 예쁘겠어요?"

"어……."

"소첩은 그저 주인님께서 예쁘게 봐주시면 그것만이 한없이 기뻐요."

부옥령은 사르르 눈을 감고 두 팔로 진검룡의 허리를 힘주어 끌어안았다.

진검룡은 그녀를 떼어내고는 손가락으로 이마를 지그시 눌러서 밀었다.

"옥령아, 수란이 소저에게 당하는 거 봤느냐?"

"네."

"왜 그랬는지 아느냐?"

"왜 그랬나요?"

고개를 살짝 옆으로 꼬는 부옥령의 자태는 돌부처의 애간장을 녹일 정도로 아름답고 교태스러웠다.

"수란이 탁자 밑에서 내 허벅지에 손을 얹고 있다가 수림에게 들켰지."

부옥령은 발끈했다.

"저런 쳐 죽일 년!"

"소저는 질투가 심해서 네가 나한테 이러는 걸 보면 아마 넌 절대로 살아남지 못할 거야."

"……."

"조심해라."

부옥령은 기쁜 표정을 지었다.

"조심하라는 말씀은 소첩이 주인님께 이런 행동을 하긴 하되 소저 눈에 띄지 말라는 것이죠?"

진검룡은 어이없는 표정을 지었다가 짐짓 눈을 부릅떴다.

"너……."

부옥령은 까치발을 하고 재빨리 진검룡의 입술을 훔치고는 떨어졌다.

그녀는 문을 열어주며 물었다.

"주인님, 어디 가시는 길이었나요?"

진검룡은 그녀가 자신보다 나이가 두 배나 많다는 사실을 빠르게 잊고 있었다.

"수림에게 간다."

"소첩이 모시겠어요."

부옥령은 쫄랑거리면서 앞서 달려가 문을 열어주었다.

영웅문에 엄청난 일이 일어났다.

검황천문에서 태문주의 특명을 받은 인물이 영웅문을 향

해 오고 있다는 것이다.

최초로 그 사실을 보고한 강비와 창화개는 자신들이 말했으면서도 얼마나 놀랐는지 몸을 벌벌 떨고 있다.

쌍영웅각 대전에는 진검룡과 민수림이 단상의 태사의에 나란히 앉아 있으며, 진검룡 옆에는 부옥령이, 민수림 옆에는 청랑이 우뚝 서 있다.

단하에는 강비와 창화개가 나란히 서 있으며, 양쪽에 외문팔당 총당주 풍건과 내문오당 총당주 한림 등 간부급들이 도열해 있다.

뒤늦게 연락을 받은 간부들이 놀라고 다급한 얼굴로 속속 대전 안으로 들어서고 있다.

한림이 강비와 창화개에게 명령했다.

"어찌 된 일인지 자세히 설명해 봐라."

창화개가 한림을 보며 대답했다.

"개방 남경분타 제자의 보고에 의하면 이틀 전에……."

"주군께 보고해라."

한림이 지적하자 창화개는 깜짝 놀라서 단상을 향해 허리를 굽히고 다시 보고했다.

"개방 남경분타 제자의 보고에 의하면 이틀 전에 검황천문에서 일단의 고수들이 무리 지어 나와서 동쪽으로 이동을 시작했는데 하루가 지난 어젯밤에 금단현(金壇縣)에서 묵었다는 것입니다."

금단현은 검황천문이 있는 강소성의 성도인 남경에서 동쪽으로 백여 리에 있는 현이다.

그들 무리는 하루 만에 백여 리를 이동했으므로 빠른 속도라고 할 수 있다.

뒤늦게 속속 들어온 간부들이 제자리에 도열하고 있으며, 창화개의 목소리만 대전을 울렸다.

"그들 무리는 오늘 아침에 금단현을 출발하여 격호(滆湖) 남쪽을 돌아서 두 시진 전에 선흥현(宣興縣)에 도착했다고 합니다."

어제 영웅문 내문에 새롭게 창당된 풍영당은 정보 수집과 전달을 주된 업무로 하고 있다.

풍영당은 절강성과 강소성에 뿌리를 내리고 있는 개방의 여러 분타들을 두루 이용하고 있으므로 북경에 있는 개방 총타보다 더 빠르게 정보를 얻고 있다.

*　　　　*　　　　*

검황천문을 나온 고수들이 동쪽으로 향했다면 그들의 목적지가 영웅문일 가능성이 있다.

그런데 격호 남쪽으로 꺾어져서 선흥현에 도착했다면 그들의 목적지가 영웅문인 것이 거의 확실해진다.

그곳에서 남동쪽으로 이백오십여 리 거리에 항주가 있기 때문이다.

풍영당은 이틀 전에 이미 검황천문의 동향에 대한 정보를 입수했지만 그들이 영웅문으로 오는 것이 아닐 수도 있으므로 보고를 하지 않다가 행선지가 영웅문일 가능성이 높아졌기에 이제 보고하는 것이다.

"무리는 검황천문 이각사전의 일각 사천각(四天閣)과 사전의 청룡전(青龍殿), 그리고 십이부의 낙성부(落星府), 천의부(天義府), 뇌도부(雷刀府)입니다."

모두의 얼굴에 대경실색한 표정이 가득 떠오르고 아무도 입을 열지 않았다.

검황천문의 어마어마한 고수들이 영웅문을 향해 오고 있다는 것이다.

모두 억눌린 듯한 표정을 짓고 있지만 단상의 네 사람 진검룡과 민수림, 부옥령, 청랑은 더없이 태연한 모습이다. 아예 창화개의 보고를 듣지 못한 듯하다.

부옥령이 차분한 목소리로 물었다.

"그래서 모두 몇 명이나 되느냐?"

창화개와 강비는 그렇게 묻는 부옥령을 처음 보지만 단상에서 진검룡 옆에 서 있으므로 공손히 허리를 굽혔다.

"도합 삼천오백여 명입니다."

다시 한번 실내에 깊은 바닷속 같은 무겁고도 어두운 침묵이 흘렀다.

삼천오백여 명이면 하루가 다르게 커지고 있는 영웅문의 현재 수보다도 많다.

그런데 영웅문으로 오고 있다는 삼천오백여 명은 하나같이 일류 이상의 고수들이다.

이각사전은 당연한 일이고 십이부의 고수들 역시 모두 일류 고수들이다.

그렇지만 영웅문 삼천여 명의 평균을 낸다면 잘 봐줘서 이류쯤 될 것이다.

창화개가 입을 열면 열수록 장내는 더욱 무거운 침묵과 중압감으로 가라앉았다.

지금 풍건 이하 모두가 첫 번째로 뇌리에 떠올린 반사적인 생각은 똑같이 영웅문의 괴멸이었다.

그 직후에 제각각 분주하게 이것저것 다른 생각을 하기 시작했지만 어쨌든 제일 먼저 떠올린 것은 영웅문이 괴멸한다는 사실이었다.

부옥령이 다시 물었다.

"무리의 우두머리가 누군지 알아냈느냐?"

사십 대의 좌호법 부옥령이 십 대 후반의 소녀로 반로환동한 사실을 알고 있는 사람은 진검룡과 민수림, 청랑뿐이다.

두 명의 총관과 총무장 이하 간부급들은 진검룡 뒤에 서 있는 절세미모의 소녀가 사십 대 좌호법일 줄은 꿈에도 모르고 있었다.

언제나 그랬던 것처럼 때가 되면 진검룡이 그녀에 대해서 설명해 줄 것이라고 믿었다.

창화개는 흥분된 어조로 대답했다.

"중문주(中門主)와 우호법이라고 합니다."

"중문주……."

"그들이라고?"

좌중 여기저기에서 놀라움에 가득 찬 나직한 중얼거림이 흘러나왔다.

검황천문 태문주 바로 아래에는 두 명의 문주가 있으며 선문주(先門主)와 중문주이다.

그들 두 명은 태문주의 장남과 차남이며 검황천문 내에서 서열 칠 위와 팔 위다.

엊그제 영웅문 외문 휘하 선풍당주가 된 전 검황천문 백호전주 동방해룡은 태문주의 셋째 아들이지만 첩의 자식인 서자이고 선문주와 중문주는 정실부인의 아들인 적자(嫡子)라는 점이 다르다.

검황천문 일각, 일전, 삼부 삼천오백여 명을 이끌고 있는 두 명 중 한 명은 태문주의 차남이며 중문주인 동방창승(東方蒼昇)이다.

우호법 연운조(淵雲朝)는 검황천문의 서열 육인자이며 사실상 이 무리의 최고 우두머리다.

창화개가 설명했다.

"우호법 연운조는 태문주의 손아래 처남입니다."

장내에는 여전히 무거운 침묵이 흘렀다. 어느 누구도 섣불리 입을 열지 않았다.

역시 이번에도 부옥령이 침묵을 깼다.

"항주 인근 지리를 잘 아는 사람이 누군가?"

간부들은 부옥령과 진검룡, 민수림을 쳐다볼 뿐 아무도 대답하지 않았다.

진검룡이 손을 들었다.

"난데?"

"아… 주군께서요?"

"항주 성내는 구석구석, 항주 인근 지리는 손바닥의 손금처럼 잘 알고 있지."

부옥령이 좌호법답게 정중히 고개를 숙이며 말했다.

"주군, 자리를 옮기시죠."

진검룡은 고개를 끄떡였다.

"그러자."

그는 민수림의 팔을 잡고 일으켜 주었다.

쌍영웅각 이 층 회의실에 진검룡과 민수림을 비롯한 간부들이 다 모였다.

특수 제작한 타원형의 커다란 탁자 둘레에 진검룡과 민수림, 부옥령을 비롯한 외문팔당과 내문오당, 총무장, 영웅호위대 대주 옥소가 둘러앉았다.

진검룡은 중인의 시선이 자신의 오른쪽에 앉아 있는 부옥령에게 집중된 것을 보고 말문을 열었다.

"이 사람은 좌호법이다."

중인 더러는 놀라는가 하면 더러는 어이없다는 표정을 짓기도 했다.

아까 진검룡이 소개한 좌호법은 사십 대 초반의 여자였기 때문이다.

진검룡은 부옥령 어깨에 손을 얹고 설명했다.

"이 사람은 무공이 반로환동의 경지에 올랐기에 모습이 젊어진 것이다."

"아……"

"정말입니까?"

장내 여기저기에서 탄성이 흘러나왔다.

중인들은 반로환동이 도대체 어느 정도의 경지인지 가늠조차 되지 않았다.

이들은 노화순청이나 삼화취정의 경지에 오른 사람조차도

본 적이 없었다.

"자네들 눈에는 이 사람이 몇 살로 보이는가?"

고범이 조심스럽게 대답했다.

"좌호법이시라면 원래 사십 대 초반의 여자분이 아니셨습니까? 게다가 지금은 모습도 다르고……."

그때 문득 부옥령은 아주 좋은 생각이 났다. 순전히 공력만으로 모습과 체격까지 바꿀 수 있는 이체변용술(移體變容術)이라는 비법이 생각난 것이다.

그 비법은 공력이 오기조원에 이르러야만 실행할 수 있으며 어떤 사람으로도 변할 수가 있다.

부옥령이 그 자리에서 일어섰다.

슥…….

"직접 보여주겠다."

모두들 매우 긴장한 표정으로 눈도 깜빡이지 않고 부옥령을 주시했다.

진검룡은 의아한 얼굴로 부옥령을 쳐다보았다. 그가 알기로 부옥령은 임독양맥 소통 후에 공력이 증진되어 반로환동 경지에 올라서 저절로 어려진 것인데 그녀가 대체 무엇을 보여주겠다는 것인지 알 수가 없다.

중인들은 직접 보여주겠다고 말한 부옥령이 역용을 하거나 인피면구를 뒤집어쓸 것이라고 예상했다.

그런데 그녀는 역용을 하기 위한 도구나 인피면구를 꺼내지 않고 그대로 서 있기만 했다.

하지만 그녀는 서 있기만 한 것이 아니라 공력을 일으켜서 이체변용술의 구결을 외우고 있는 것이다.

그런데 바로 그때 놀라운 일이 일어났다.

스으으……

그녀의 얼굴이 변하기 시작했다. 얼굴 표면에 잔물결처럼 가늘게 파동이 일고 눈과 코, 귀, 입이 제멋대로 조금씩 이동하는 것이 아닌가.

"아아……"

"저게 무슨……"

놀라는 신음 소리가 좌중의 여기저기에서 흘러나왔다.

그런데 거기서 끝이 아니라 얼굴의 뼈마디가 우두둑거리고 머리카락마저 빳빳하게 위로 솟구치며 뻗쳤다.

뿐인가.

우두두둑! 뼈거걱! 뚜다닥……!

부옥령의 온몸에서 매타작하는 소리가 시끄럽게 터져 나오는 것이 아닌가.

그녀를 쳐다보고 있는 중인의 얼굴에 기겁하는 표정이 가득 떠올랐다.

그도 그럴 것이 부옥령의 얼굴만이 아니라 몸 전체가 변하고 있는 것이다.

여섯 자가 조금 못 되는 키에 약간 마른 그녀의 몸이 점점 크게 부풀더니 키는 여섯 자 반에 체구가 우람해져서 사내 중에서도 장정이 되었다.

머리카락은 빳빳하게 하늘로 뻗었으며 우락부락한 얼굴에 부리부리한 눈과 우뚝한 코, 두툼한 입술을 지닌 삼십 대 중반 장한의 모습이다.

그런 그녀가 좌중을 둘러보면서 입을 열었다.

"어떤가?"

맙소사! 우렁우렁한 사내의 목소리다.

"으어어……."

"도대체 어떻게……."

중인은 혼비백산해서 한꺼번에 자리에서 일어나고 손으로 머리를 감싸며 난리가 났다.

놀라지 않은 사람은 민수림 혼자만이다.

진검룡도 적잖이 놀라서 눈을 커다랗게 뜨는데 민수림의 전음이 들렸다.

[이체변용술이에요. 공력이 오기조원 이상이면 전개할 수 있어요. 검룡도 가능할 거예요.]

'아……'

부옥령이 알고 있는 것을 민수림이 모를 리가 없다.

그녀는 부옥령이 변신하는 것을 보고 불현 듯 떠오르는 생각을 진검룡에게 알려준 것이다.

진검룡은 조만간 부옥령에게 이체변용술을 꼭 배워야겠다고 마음먹으면서 고개를 끄떡이며 진중한 목소리로 말했다.

"음, 근사한 이체변용술이로군."

곰처럼 거대한 사내가 진검룡을 보고 벙긋 웃었다.

"주군께선 한눈에 알아보셨군요."

진검룡은 눈살을 찌푸렸다.

"징그럽다."

"본모습으로 환원하겠어요."

굵직한 사내가 여자 말투를 하니까 매우 이상했다.

스스으으…….

뿌가각… 투툭… 우두둑……!

또다시 요란한 소리가 터지면서 부옥령의 모습이 이지러지며 변하더니 다섯 호흡이 지나기 전에 본래의 천하절색 소녀의 모습으로 돌아왔다.

"아아……."

"어떻게 저런……."

중인들은 자신들의 눈을 믿지 못하고 마치 귀신을 본 듯한 표정을 지었다.

부옥령은 두 손을 가느다란 허리에 얹고 좌중을 둘러보면서 말했다.

"이젠 믿겠느냐?"

중인들이 고개를 크게 끄떡이고 어떤 사람은 포권을 하며 대답을 했다.

그때 훈용강이 진지한 얼굴로 부옥령에게 물었다.

"좌호법께선 정말 반로환동의 경지입니까?"

부옥령은 고개를 끄떡였다.

"그럴 것이다."

"반로환동이면 공력수위가 얼마나 됩니까?"

부옥령은 빙그레 미소 지었다.

"글쎄… 반로환동을 수치로 설명하기는 좀 그렇지만 약 오백 년은 되지 않겠느냐?"

"허어……."

모두 입을 쩍 벌리며 경악했다. 오백 년 공력이라니 상상도 되지 않는 일이다.

훈용강은 미심쩍은 표정을 지었다.

"오백 년 공력이 현실에서 존재할 수 있는 겁니까?"

그런데 부옥령은 가만히 있고 현수란이 발끈했다.

"그게 어째서 존재할 수 없다는 거죠?"

훈용강은 한 대 맞은 것처럼 멍한 표정을 지었다.

"존재할 수 있다는 것이오?"

"보여줄까요?"

현수란의 도발에 훈용강은 웃음이 났다.

"십엽당주가 보여준다는 것이오?"

"그래요."

"십엽당주 공력이 오백 년이오?"

현수란은 지지 않았다.

"내 공력이 오백 년은 못 되지만 당신 정도는 간단하게 이길 수 있을 거예요."

훈용강은 슬쩍 코웃음을 쳤다.

"그만두시오."

그는 현수란의 공력이 영웅문에 온 이후 증진되어 백사십 년이라는 사실을 알고 있다.

훈용강은 원래 백팔십 년 공력이었다가 영웅문에 온 이후 이백 년으로 증진되었으니 현수란하고는 처음부터 비교가 되지 않는다. 그녀는 훈용강의 일초지적도 못

된다.

현수란은 맞은편에 앉은 훈용강을 향해 손을 뻗었다.

슥—

그때 부옥령의 전음이 현수란의 귀에 전해졌다.

[그만해라.]

현수란은 즉시 손을 내렸다.

[충혈당주에게 사과해라.]

현수란은 아까 부옥령에게 당해서 저승의 문턱까지 갔다가 그 덕분에 임독양맥이 소통되어 공력이 이백육십년으로 급증된 이후부터 부옥령에 대해서는 깍듯하게 변했다.

현수란은 훈용강이 부옥령에게 불손한 것 같아서 자신이 나선 것인데 부옥령이 사과하라니까 촌각도 망설이지 않고 즉시 훈용강에게 포권했다.

"충혈당주, 건방지게 굴어서 미안해요."

"어⋯⋯."

훈용강은 평소에 자신에게 버릇없이 굴던 현수란이 갑자기 도발을 하여 곧 싸움이 벌어질 것 같은 분위기를 만들더니 느닷없이 사과를 하자 적잖이 놀랐다.

진검룡이 한 손을 들었다.

"자, 이제 검황천문에 대해서 의논해 보세."

그 말로 장내는 간단하게 정리됐다.

第八十六章

혼인해 주십시오

회의를 시작한 지 일각이 지났지만 간부들은 별다른 의견을 내놓지 못하고 있다.

현재 영웅문으로 오고 있는 검황천문 세력이 워낙 엄청나기 때문에 말문이 막혔다.

부옥령은 천군성의 좌호법으로서 셀 수도 없이 많은 전투와 싸움을 경험한 백전노장이다.

그녀가 겪은 전투들의 무게를 상중하로 나눈다면 이번 일은 당연히 상에 속하겠지만 그다지 염려하지는 않는다.

어떤 전투라도 다 방법이 있다는 사실을 잘 알고 있기 때문이다.

더구나 현재의 그녀는 반로환동의 경지에 도달했으므로 눈에 보이는 게 없다.

눈앞에서 귀찮게 거치적거리는 것들은 다 쓸어버리면 된다고 생각한다.

그녀는 잠자코 상황을 지켜보다가 결국 자신이 나서야겠다고 판단했다.

그녀는 동방해룡을 가리켰다.

"너 일어나라."

동방해룡은 즉시 일어섰다.

부옥령은 근엄한 얼굴로 물었다.

"너는 검황천문이 발휘하는 작전에 대해서 얼마나 알고 있느냐?"

"잘 알고 있습니다."

"그렇다면 지금 같은 상황에서 저쪽이 어떻게 나올 것 같으냐?"

동방해룡은 지체 없이 대답했다.

"삼천오백여 세력을 항주 외곽에 포진시켜서 일단 본문에 최대한 겁을 준 다음에 적당한 중간 장소로 주군을 불러낼 것입니다."

"중간 장소로 말이냐?"

"그렇습니다. 그래서는 항복하라고 협박할 것입니다."

부옥령은 고개를 끄떡였다.

"그럴 경우 다들 항복하더냐?"

"그렇습니다. 더러 항복하지 않고 버티는 방파가 있지만 결국 괴멸되고 맙니다."

"그렇겠지."

동방해룡이 매우 진지하게 말했다.

"어떤 경우에는 상대가 항복을 했는데도 괴멸시키는 경우가 있었습니다."

"그래?"

부옥령은 물론이고 진검룡 이하 모든 사람들이 적잖이 놀라는 표정을 지었다.

항복을 했다는 것은 싸울 의사가 없으며 자신들의 생사를 전적으로 승리한 쪽에 맡기겠다는 뜻이다.

그런데도 괴멸시킨다는 것은 무림의 손가락질을 받아 마땅한 비열하고 잔인한 짓이다.

풍건이 물었다.

"예를 들면 어떤 방파가 있는가?"

"대표적으로 강서성(江西省)의 조양문(朝陽門)과 복건성(福建省)의 신해문(新海門)입니다."

"아……!"

"설마 그들이……."

좌중에서 놀라는 소리가 여기저기에서 흘러나왔다.

조양문은 이곳 절강성과 이웃하고 있는 강서성 남창(南昌)의 패자이며 절대자였다.

드넓은 강서성의 성도인 남창의 패자라면 강서성 전체의 패자라고도 할 수 있다.

조양문이 강서성 전역을 지배하는 것은 아니지만, 강서성 전체에서 가장 강하기 때문이다.

이를테면 절강성의 성도인 항주의 오룡방과 비슷한 역할을 했다고 볼 수 있다.

신해문은 복건성에서 다섯 손가락 안에 꼽히는 문파였으나 어느 날 갑자기 검황천문의 노여움을 사서 괴멸당하여 흔적도 없이 사라져 버렸다.

동방해룡이 설명했다.

"강서성의 조양문은 검황천문에 충성을 맹세한 강서성 제이의 방파 적도방(赤刀幇)을 위해서 제거된 것이고, 복건성 신해문은 현도성(玄道盛)이라는 청년을 뺏으려고 멸문시킨 것입니다."

"현도성!"

훈용강이 흠칫하며 나직이 외쳤다.

사람들이 자신을 쳐다보자 훈용강은 손을 저으면서 동방해룡에게 말했다.

"계속하게."

"남창의 조양문은 예전부터 검황천문이 하는

일에 사사건건 반기를 들었던 터라서 미운털이 깊게 박혔습니다. 그래서 검황천문 일전과 십이부의 두 개 부가 조양문을 섬멸하러 출정했었습니다."

실내에 있는 사람들은 민수림을 제외하고 남창의 조양문이 어떻게 됐는지 소문을 들어서 알고 있다.

하물며 무림인이 아니었던 진검룡까지 조양문의 멸문에 대해서 알고 있었으니 얼마나 큰 사건이었는지 짐작할 수 있을 것이다.

"검황천문 고수들은 남창성 외곽에 자리를 잡고 조양문주를 외부로 불러냈습니다. 겁을 집어먹은 조양문주는 무조건 항복을 했습니다."

풍건이 미간을 좁히고 물었다.

"무조건 항복을 했는데 조양문을 괴멸시켰다는 건가?"

"그렇습니다."

"자넨 어떻게 그리 잘 알고 있나?"

동방해룡은 씁쓸한 표정을 지었다.

"그 당시 검황천문 세력을 이끄는 지휘자가 저였습니다."

"뭐라?"

"설마……."

다들 놀라서 동방해룡을 쳐다보고 더러는 와락 험악한 인상을 썼다.

"저는 검황천문을 출발할 때부터 조양문을 괴멸시키라는 명령을 받고 왔습니다. 저에게는 선택의 여지가 없었습니다. 노여워하지 마십시오."

그랬다면 어쩔 수 없는 일이었을 것이다. 태문주의 서자이며 권력에서도 한참 밖으로 밀려나 있는 동방해룡이 무엇을 할 수 있었겠는가.

부옥령이 훈용강을 보며 물었다.

"현도성에 대해서 아느냐?"

훈용강은 정중히 고개 숙였다.

"압니다."

그는 동방도혜와 검천사십이태제 정향을 동시에 자신의 여자로 받아들이게 된 이후부터 사람이 크게 변했다.

사실 그는 삼 년여 전에 동방도혜가 자신의 곁을 말없이 훌쩍 떠나 버린 이후부터 그녀에 대한 실망감과 그리움 때문에 방황을 했었다.

점점 더 여자와 술에 집착하여 빠져들었으며 그러던 중에 진검룡을 만나서 그의 휘하에 들어오고 나서는 마음을 잡으려고 무진 애를 썼었다.

그러다가 우연치 않게 검천사십이태제인 정향을 만나게 되었고, 영웅문 내에서 그녀와 살림을 차려 동거를 하면서 안정을 되찾기 시작했었다.

그런데도 그는 동방도혜를 잊지 못했다. 그의 안정은 안정을 찾으려는 눈물겨운 노력 덕분에 얻은 일시적인 반사 결과이지 정향 때문에 얻어진 것이 아니었다.

현재 훈용강은 동방도혜와 정향 두 여자를 거느리게 되어 마음이 말할 수 없이 기뻤다.

어느 정도냐 하면 그는 두 여자에게 앞으로는 절대로 다른 여자를 거들떠보지도 않겠다고 철석같이 약속까지 했다.

그 모든 것이 진검룡 덕택이라는 것을 잘 알기에 그에게 더욱 충성하는 것이다.

"현도성이 누구냐?"

동방남매와 풍건, 한림, 고범은 현도성이라는 이름을 들은 적이 있었다. 그 정도로 유명한 인물이기 때문이다.

"복건성 신해문 문주의 기명제자인데 무림제일의 귀재(鬼才)이며 하늘이 내린 무골(武骨)이라고 알려져 있습니다."

진검룡은 짚이는 것이 있는지 어이없는 표정을 지었다.

"그럼 겸황천굴이 현도성을 데려가려고 신해문을 괴멸시켰다는 것인가?"

겸황천굴이란 천군성 인물과 검황천문에 원한이 있는 사람들이 부르는 명칭으로 얼마 전에 부옥령의 입에서 처음 나왔었는데 진검룡이 그걸 기억했다가 내뱉은 것이다.

부옥령은 첫 남자가 된 진검룡이 자신이 알려준 겸황천굴이라는 말을 사용하자 정이 듬뿍 담긴 눈빛으로 그를 바라보며 미소 지었다.

동방해룡이 공손히 대답했다.

"그렇습니다. 결과적으로 현도성은 태문주의 제자가 되었습니다."

현도성이 하늘이 내린 귀재라고는 하지만 그를 뺏으려고 일개 문파를 괴멸시키다니 직접 귀로 듣고서도 믿어지지 않는 일이다.

진검룡은 무겁게 고개를 끄떡였다.

"그러니까 겸황천굴이 본문도 그런 식으로 괴멸시킬 가능성이 있다는 것이로군."

동방해룡이 진지하게 말했다.

"가능성이 아니라 반드시 괴멸시킬 것입니다."

"어째서 그렇지?"

"지금껏 검황천문을 그토록 심하게 괴롭힌 곳은 영웅문이 최초입니다."

"어… 그런가?"

진검룡은 흐뭇하게 껄껄 웃었다.

"하하하! 그렇다고 하니까 기분 좋구나!"

진검룡 오른쪽에 앉은 부옥령이 왼쪽에 나란히 앉은 진검룡과 민수림을 보면서 공손히 물었다.

"두 분께 계획이 있으신가요?"

민수림은 부드러운 눈길로 진검룡을 바라보았다. 그 표정은 마치 '검룡이 결정하면 나는 그대로 따르겠어요'라고 말하는 것 같았다.

진검룡은 가볍게 고개를 끄떡였다.

"나는 저것들을 깡그리 이 땅에 묻어버려서 돌아가지 못하게 만들고 싶다."

좌중 여기저기에서 탄성이 터져 나왔다.

현재 상황은 어떻게 하면 검황천문의 최정예고수 삼천오백여 명의 공격에서 영웅문이 살아남느냐는 것이다.

그런데 진검룡은 그들을 몰살시키겠다고 큰소리치고 있으니 어찌 보면 그가 객기를 부리는 것 같기도 했다.

그러나 민수림은 좌중의 반응 따윈 아랑곳하지 않고 예쁜 미소를 지으며 고개를 끄떡였다.

진검룡이 과연 그럴 줄 알았다는 의미이며 무조건 찬성이라는 뜻이다.

부옥령은 방그레 웃으며 화답했다.

"주군의 뜻이 그러시면 놈들을 괴멸시키는 방법을 모색해 봐야지요."

현수란과 훈용강을 제외한 모두의 얼굴에 놀라움과 당황함이 떠올랐다.

열 번을 양보한다고 해도 현재 영웅문으로는 지금 이곳으로 오고 있는 검황천문 삼천오백여 최정예고수들의 절반조차도 상대하지 못한다.

현수란과 훈용강은 가슴속에 자신감만 가득 차 있을 뿐이지 뾰족한 방법은 없다.

그저 진검룡이 명령을 내리면 목숨을 던질 각오가 되어 있을 뿐이다.

부옥령이 탁자에 두 손을 깍지 끼고 오른손 검지손가락으로 왼손의 말아 쥔 손가락 사이의 골을 가볍게 두드리면서 말문을 열었다.

"자, 이렇게 합시다."

모두 긴장한 얼굴로 귀를 기울였다.

부옥령은 좌중을 천천히 둘러보았다.

"절강성에 방파와 문파가 도합 몇 개나 되지?"

총무장 유려가 잠시 생각하다가 대답했다.

"중급 이상의 방파와 문파는 삼십칠 개이고 소규모까지 치면 총 팔십오 개입니다."

유려는 얼마 전까지 십엽루의 총관이었으므로 절강성만이 아니라 강소성과 강서성, 복건성 등의 방파와 문파들을 훤하게 꿰고 있다.

"그들 방파들에서 싸울 수 있는 자들을 모두 합치면 몇 명이나 될까?"

부옥령이 도대체 무슨 속셈으로 그걸 묻는 것인지 알 수가 없어서 모두들 크게 놀라는 중에 유려가 긴장한 얼굴로 되물었다.

"그들 팔십오 개 방파와 문파들 말입니까?"

"그래."

올해 사십사 세가 된 유려에게 십칠팔 세로 보이는 부옥령이 또박또박 하대를 하고 있지만 중인들은 아무도 이상하게 생각하지 않았다.

유려는 잠시 머릿속으로 계산을 하고 나서 대답했다.

"만오천여 명쯤 될 것입니다."

중인들은 부옥령이 무엇을 하려는 것인지 궁금해서 유려가 별로 어렵지 않게 대답하는 것에 놀랄 겨를이 없었다.

"그들을 다 불러 모을 수 있나?"

"아……."

부옥령이 무엇을 하려는 것인지 대충 윤곽이 드러나자 중인들은 낮은 탄성을 터뜨렸다.

유려는 너무 충격적인 요구에 머릿속이 멍해져서 한동안 대답을 하지 못했다.

그때 현수란이 정색을 하고 부옥령을 보며 물었다.

"불러 모으기만 하면 되나요?"

"그래. 그다음에는 우리가 알아서 하지."

"그렇다면 불러 모을 수 있어요."

현수란은 손록을 보며 말했다.

"당신도 힘을 보태요."

손록은 크게 고개를 끄떡였다.

"그러겠소."

십엽루와 과거 항주의 패자 오룡방 방주의 이름이라면 절강성의 방파와 문파들을 한자리에 모두 불러 모으는 일은 어렵지 않을 것이다.

그다음은 진검룡과 민수림, 부옥령이 어떻게 하느냐에 달려 있다.

부옥령이 나란히 앉은 창화개와 강비에게 못을 박는 듯한 어조로 명령했다.

"풍영당은 놈들에게서 눈을 떼지 마라."

그러지 않아도 되는데 창화개와 강비는 벌떡 일어나서 허리를 깊이 굽혔다.

"명을 받들겠습니다!"

*   *   *

"그런데 말이야."

진검룡이 곰곰이 생각하는 표정으로 입을 열었다.

중인들 시선이 진검룡에게 집중됐다.

"아무리 조양문과 신해문이 괴멸됐다고 해도 한 명도 남지 않고 다 죽은 것은 아니지 않을까?"

중인들의 표정이 흠칫 변했다. 진검룡이 어째서 그런 말을 하는지 깨달았기 때문이다.

풍건이 즉시 대답했다.

"그럴 것입니다. 조양문과 신해문의 잔재세력이 있는지 알아보고 있다면 모을까요?"

진검룡은 고개를 끄떡였다.

"그러게."

손록이 조심스럽게 말문을 열었다.

"주군, 절강성이 아니더라도 복건성이나 강서성, 강소성에서 겸황천굴에 불만이 있는 방파나 문파, 무림인들을 모으는 것이 어떻겠습니까?"

"오호! 정말 좋은 생각이다!"

오룡방주로서 여러 차례 진검룡을 괴롭혔던 손록은 그동안 오룡방을 해체하고 영웅문 전체 당 중에서 가장 많은 팔백여 명의 당원들을 이끌고 영웅문 외문팔당 휘하 오룡당을 만들고 오룡당주가 됐었다.

손록은 과거에 지은 죄가 있어서 가장 큰 당을 이끌고 있으면서도 쥐 죽은 듯이 조용히 지냈다.

진검룡의 큰 칭찬에 손록은 하늘로 날아갈 것처럼 크게 기뻐서 어쩔 줄 몰랐다.

진검룡이 환한 얼굴로 명령했다.

"오룡당주, 그 일을 맡기겠다."

손록은 벌떡 일어나서 허리를 굽혔다.

"주군의 명을 받듭니다!"

진검룡은 현수란에게 명령했다.

"십엽당주, 손록을 도와라."

"명을 받들어요."

진검룡은 풍건과 한림, 유려에게 두루 명령했다.

"손록에게 전력으로 협조하라."

"주군의 명을 받듭니다!"

부옥령이 은밀하게 진검룡을 밀실로 불렀다.

"주인님, 소저의 임독양맥을 소통해 드리세요."

진검룡은 진지하게 고개를 끄떡였다.

"응, 나도 그 생각을 했어."

"혹시 주인님께선 소저의 현재 공력이 얼마쯤 되는지 알고 계세요?"

진검룡은 고개를 모로 꼬았다.

"글쎄… 나보다 높은 것은 분명한데 정확하게는 모르겠어."

"주인님은 얼만데요?"

"한… 사백이삼십 년쯤 정도 될 거야."

"그런데 소저께서 주인님보다 고강하다고요?"

진검룡은 겸연쩍은 표정을 지으며 머리를 긁적였다.

"지난번 수림이 내 임독양맥을 소통하고 벌모세수와 환골탈태를 해주었을 때 내가 은근슬쩍 수림의 허리를 끌어안고 음탕한 짓을 하려고 그랬거든?"

부옥령은 빙그레 웃었다.

"어떤 음탕한 짓이죠?"

"수림을 꼼짝 못 하게 해서 입맞춤을 하면서 엉덩이를 만지려고 했었지."

부옥령은 진검룡 앞으로 바싹 다가섰다.

"어떻게요? 한번 소첩에게 해보세요."

"그게, 이런 식으로……."

진검룡이 두 팔로 부옥령의 개미허리처럼 가느
다란 허리를 안자 그녀는 찰싹 달라붙었다. 그제
야 진검룡은 그녀의 짓궂은 의도를 깨닫고 밀어냈
다.

"쓸데없는 소리 하지 마라."

부옥령은 생글생글 웃었다.

"그래서 어떻게 됐어요?"

그녀는 진검룡에 대해서 매우 빠르게 파악
하고 있는 중이며, 그에 대해서 어느 정도 알
게 되자 슬슬 손바닥 안에서 갖고 놀려고 했
다.

진검룡은 씁쓸한 표정을 지었다.

"그랬더니 수림이 내 팔을 간단하게 부러뜨리고는 유유히
가버리더라고."

"주인님의 팔을 부러뜨려요?"

"그래."

"그렇다면 소저께서 주인님보다 아주 많이 고강하시다는
거로군요."

"그렇지."

부옥령은 천상옥녀의 최측근이었으므로 그녀의 무공에 대해서 누구보다도 잘 알고 있다.

천군성의 성주였던 천상옥녀는 예전에 부옥령보다 공력이 백 년 정도 높아서 삼백육칠십 년 수준이었다.

천상옥녀가 사백삼사십 년 공력의 진검룡에게 붙잡혔는데도 불구하고 그의 팔을 부러뜨릴 정도라면 그보다 일이십 년 높아서는 턱도 없다.

최소한 오십 년 정도 높아야 가능한데 그렇다면 그녀의 공력은 오백 년에 가깝다는 얘기가 된다.

즉, 부옥령과 비슷한 수준이다.

총명한 부옥령은 뭔가 감을 잡았다.

"소저께 무슨 일이 있어서 공력이 증진된 건가요?"

진검룡은 빙그레 웃으면서 손을 저었다.

"하하하! 별일 없었다."

부옥령은 또 진검룡 가까이 다가들었다. 그에게서 무슨 냄새를 맡은 것이다.

"말씀해 주세요. 소저에게 무슨 일이 있었던 게 분명해요."

"그런 일 없었다."

"맹세할 수 있으세요?"

진검룡은 문 쪽으로 걸어갔다.

"쓸데없는 말 하려거든 나가자."

부옥령이 얼른 그의 팔을 잡았다.

"왜 맹세를 못 하시는 거죠?"

"옥령아, 네가 내 종이냐? 아니면 내가 네 종이냐?"

부옥령은 처음에는 진검룡을 주인으로 여기다가 얘기가 길어지다 보면 어느샌가 기합이 풀어져서 예전의 권위적인 자세의 습관이 나와 버린다.

"죄송해요, 주인님."

부옥령은 깜짝 놀라 급히 허리를 굽혔다.

그녀가 허리를 폈을 때 진검룡은 방을 나가고 있었다.

진검룡은 민수림과 마주 앉아서 단도직입적으로 물었다.

"수림, 임독양맥을 소통했습니까?"

늘 그렇듯이 민수림은 꼿꼿한 자세로 앉아서 대답했다.

"하지 않았어요."

"편히 앉으세요."

"아… 그럴까요?"

민수림은 진검룡과 단둘이 있을 때 그가 편히 앉으라고 해야지만 자세를 푼다.

왜 그런지는 모르지만 아마 기억을 잃기 전의 오랜 습관 때문인 것 같다.

그녀는 우아한 미소를 지으면서 말했다.

"이따금 순정기를 공력으로 변환시켰기 때문에 그동안 공력이 백 년 이상 증진됐어요."

진검룡은 적잖이 감탄했다.

"아… 그랬군요."

진검룡은 궁금한 듯 물었다.

"그럼 수림에겐 임독양맥 소통이 필요 없는 겁니까?"

민수림은 고개를 살래살래 가로저었다.

"잘 모르겠어요."

고개를 흔들자 그녀에게서 그윽한 난초 향이 풍겨서 진검룡의 가슴을 설레게 했다.

혈도에 대해서는 박식하게 된 진검룡이 매우 궁금한 표정을 지었다.

"임독양맥을 소통한 적이 없다면 현재 수림의 임맥과 독맥의 끝은 막혀 있을 것 아닙니까?"

"두 개씩 막혀 있어요."

진검룡은 깜짝 놀랐다.

"보통 사람들은 임맥과 독맥의 대여섯 개의 혈도가

막혀 있는 것 아닙니까? 저는 몇 개가 막혀 있었습니까?"

"임맥 다섯 개, 독맥 여섯 개였어요."

"그것 보십시오. 그런데 수림은 겨우 두 개씩만 막혀 있다는 겁니까?"

"나도 왜 그런지 모르겠어요."

그렇지만 진검룡은 알 것 같다는 표정을 지으면서 고개를 끄떡였다.

"인간이 처음에 태어났을 때는 임독양맥의 끝부분이 뚫려 있다고 그랬었죠?"

"그래요, 인간이 세상에 태어난 이후에 속세의 혼탁한 물과 음식들과 불로 익힌 것들을 두루 먹으면서 임독양맥의 끝부분 혈도들이 서서히 막힌 거예요."

"탁한 생활을 하면 혈도가 많이 막히고 깨끗한 생활을 하면 적게 막히겠군요."

"그런가요?"

"그런 이치 아닙니까? 수림은 태어난 이후부터 줄곧 선녀처럼 깨끗한 것들만 먹고 순결하게 살아왔기에 임맥과 독맥의 혈도가 두 개씩만 막힌 겁니다."

민수림은 손으로 입을 가리고 웃었다.

"후훗! 잘도 갖다가 붙이는군요."

진검룡의 말이 맞는 것 같지만 민수림은 그가 자신을 칭찬하는 것이라 여겨 쑥스러워서 웃었다.

진검룡이 진지하게 말했다.

"수림의 공력이 높다고 해도 임독양맥이 막혀 있는 것보다는 소통되는 것이 훨씬 나을 겁니다."

"아무래도 그렇겠지요."

"수림 스스로 임독양맥 소통을 하지 못합니까?"

"시도해 보지 않았어요."

그녀는 고개를 가로저었다.

"어려울 거예요."

"제가 해드리겠습니다."

"검룡이요?"

민수림은 진검룡을 말끄러미 응시했다.

그녀의 시선에 괜히 찔려서 진검룡은 당황했다.

"옷 벗지 않아도 됩니다."

민수림은 의아한 표정을 지었다.

"원래 옷 벗고 하는 건가요?"

진검룡은 살짝 당황했다.

"그건 아니지만……."

민수림은 눈을 반쯤 감고 다 알고 있다는 듯한 표정으로 그를 응시하며 물었다.

"검룡은 어떤 사람의 옷을 벗기고 임독양맥을 소통시켜 주었나요?"

이쯤 되면 진검룡은 실토할 수밖에 없다. 그는 원래부터 민수림에겐 절대로 거짓말을 못 하는 데다 지금은 올가미에 제대로 걸렸다.

"현수란에게 해주었습니다."

민수림의 눈빛이 날카로워졌다.

"그리고 또 누굴 해주었죠?"

진검룡은 가슴이 철렁 내려앉으면서 이제는 죽었구나 하는 표정이 되었다.

"부옥령입니다."

"둘 다 성공했나요?"

"네……."

민수림이 환한 표정을 지었다.

"대단해요! 검룡!"

"네에……?"

"내가 가르쳐 준 것을 잊지 않고 그녀들의 임독양맥 소통을 성공시켰군요."

진검룡은 헤벌레 웃으며 으쓱거렸다.

"그거야 뭐 제가 워낙 똑똑하니까요. 헤헤……."

민수림은 가볍게 고개를 끄떡였다.

"그래서 좌호법이 반로환동 경지에 올랐군요."

"그렇습니다."

"아무리 임독양맥을 소통했다지만 반로환동의 경지에 오르다니, 그렇다면 그녀는 원래 굉장한 고수였군요."

진검룡은 고개를 끄떡였다.

"그렇습니다. 저하고 일대일로 싸울 때 저는 칠 성의 공력으로 그녀를 이겼으니까요."

"그렇군요."

진검룡은 현수란과 부옥령을 벌거벗겨서 임독양맥을 소통시킨 것 때문에 민수림이 화를 내지 않는다는 사실에 크게 마음이 놓였다.

그때 민수림의 눈이 약간 샐쭉해졌다.

"좋던가요?"

"네?"

민수림의 얼굴이 단단하게 굳는 것을 보면서 진검룡은 심장이 오그라드는 것을 느꼈다.

"그녀들을 나신으로 만들어서 검룡이 마음껏 만지니까 좋았냐고 물었어요."

"그게……."

진검룡은 말문이 콱 막혔다.

그 당시에는 그럴 수밖에 없었기에 그로서는 충분히 변명의 여지가 있지만 지금은 머릿속이 하얘져서 아무 말도 못했다.

민수림은 진검룡이 자신 이외의 다른 여자들을 벌거벗긴 것으로도 모자라서 그 알몸을 마음껏 만졌다는 사실 때문에 정말 속상했다.

만약 민수림이 기억을 잃지 않았다면 이 정도 일에는 눈썹 하나 까딱하지 않을 것이다. 질투나 투기 같은 것은 그녀의 몫이 아니었다.

아니, 애초부터 진검룡 자체를 아예 발가락의 때만큼도 여기지 않았을 것이다.

하지만 과거 자신의 성격이 어땠었는지 전혀 기억하지 못하는 민수림으로서는 지금은 그저 본능이 시키는 대로 행동할 뿐이다.

민수림은 진검룡이 자신만 바라보고 자신만 사랑하기를 원하고 있다.

그녀는 안절부절못하는 진검룡을 바라보면서 조용한 목소리로 말했다.

"검룡, 말해봐요. 내가 어떻게 하면 검룡이 바람을 피우지 않을 건가요?"

'바람'이라는 말에 진검룡은 자신과 민수림이 부부 같다는 착각이 들었다.

그래서였을까?

"저와 혼인해 주십시오. 그러면 절대로 다른 여자를 쳐다보지도 않겠습니다."

진검룡은 불쑥 말해 버렸다.

第八十七章

이 은혜를 어찌 갚으리

민수림의 얼굴에 난감한 표정이 떠올랐다.

진검룡은 그녀를 설득했다.

"제가 다른 여자들하고 어울리는 게 싫으면 저하고 혼인하면 되잖습니까?"

민수림은 곤혹스러운 표정을 지었다.

"그건 곤란해요."

진검룡은 다그치듯이 물었다.

"저를 사랑하지 않습니까?"

"사랑해요."

"그런데 어째서 저와 혼인하는 것이 곤란하다는 겁니까? 뭐가 곤란합니까?"

민수림은 복잡한 표정으로 말했다.

"나는 내 과거에 대해서 아무것도 모르고 있어요. 내 이름이 무엇이고, 어떤 사람이며, 가족은 있는지, 바보나 다름없는 상태예요."

"그건 상관없습니다. 제가 수림을 돌보겠습니다. 수림이 과거를 전혀 기억하지 못한다고 해도 저는 죽을 때까지 수림을 사랑할 겁니다."

민수림은 고개를 살래살래 가로저었다.

"내가 괜찮지 않아요."

"……!"

진검룡은 어떤 깨달음 때문에 한 자루 비수가 날아와서 심장에 꽂히는 듯한 충격을 받았다.

기억을 잃은 사람은 그가 아니라 민수림이다. 그런데 그는 자신 쪽에서만 생각을 하고 결론을 내려 버렸다. 민수림 입장은 생각하지 않은 것이다.

"미안합니다."

"나는 내가 누군지도 모르는 상태로 검룡과 혼인하고 싶지는 않아요."

진검룡은 말없이 고개만 끄떡였다.

"어쩌면 과거의 나는 이미 혼인을 했을지도 몰라요."

"……!"

이번에는 비수가 아니라 도끼가 진검룡의 가슴팍을 절반으로 쪼갰다.

"혼인을 했다면 검룡과 혼인할 수 없잖겠어요?"

그건 민수림 말이 옳다. 진검룡의 솔직한 심정은 민수림이 다른 남자와 혼인을 했든 말든 혼인을, 아니, 무조건 같이 살고 싶다.

그러나 그것은 두 사람 다 불행한 일이다. 설사 민수림이 혼인을 수락했다고 쳐도 두 사람은 살아가는 내내 마음 한편이 답답하고 무거울 것이다.

아닌 척해도 소용없다. 두 사람의 영혼은 그렇게 순수하고 맑은 것이다.

민수림은 진검룡의 커다란 손을 작고 섬세한 두 손으로 꼭 잡고 진심 어린 얼굴로 말했다.

"내가 기억을 되찾을 때까지 기다려 주세요."

진검룡은 입을 꾹 다물었다.

"그래서 지금처럼 답답한 상황이 아닌 홀가분한 마음으로 검룡과 혼인하고 싶어요."

진검룡은 자신이 굳은 표정을 짓거나 씁쓸한 내심을 겉으로 드러내면 민수림이 마음 아파할 것 같아서 짐짓 밝은 표정을 지었다.

"그러십시오. 기다리겠습니다."

그는 문득 생각나는 것이 있어서 물었다.

"만약… 기억을 되찾았을 때 수림이 혼인한 몸이라면 어떻게 합니까?"

민수림은 단호한 표정으로 반문했다.

"그 사람과 헤어지면 검룡이 나를 받아줄 건가요?"

진검룡은 크게 감격하여 벌떡 일어나서 민수림을 와락 끌어안았다.

"그걸 말이라고 합니까? 저는 수림이 어떤 상황, 어떤 모습이라고 해도 그림자처럼 붙어서 다닐 겁니다!"

민수림은 감동하여 그의 어깨에 뺨을 대고 속삭였다.

"고마워요."

포근한 기분에 휩싸여 있던 민수림은 어느 순간 움찔 놀라서 진검룡에게서 떨어졌다.

"뭘 하는 거예요?"

진검룡이 그녀의 옷을 벗기고 있었다.

진검룡은 그녀를 번쩍 안아서 침상으로 가면서 거칠게 헐떡거렸다.

"수림 임독양맥 소통하려고요……!"

"그런데 옷은 왜 벗겨요?"

진검룡은 민수림을 침상에 던지듯이 내려놓으며 콧김을 거세게 뿜었다.

"옷을 벗기고 하는 것으로 결정했습니다. 네……!"

진검룡은 침상의 민수림을 향해 몸을 던졌다.

"흐흥! 수림! 사랑합니다!"

그 순간 민수림의 오른발이 쭉 곧게 뻗어졌다.

뿌각!

"끄악!"

가슴팍을 민수림의 발뒤꿈치로 정통으로 가격당한 진검룡은 빨랫줄처럼 곧장 날아가다가 벽에 충돌하기 직전에 뚝 정지하여 바닥에 떨어졌다.

쿵!

벽에 부딪치면 벽을 부수고 밖으로 날아갈까 봐 민수림이 그를 멈추게 한 것이다.

바닥에 길게 뻗은 진검룡은 돌멩이에 맞은 개구리처럼 몸을 파들파들 떨다가 혼절했다.

반시진 후, 정신을 차린 진검룡은 풍건을 만나러 곤산당으로 갔다.

다른 당에 비해서 곤산당 전각의 규모가 큰 이유는 외문총관 관사를 겸하고 있기 때문이다.

아까 쌍영웅각 회의실에서 진검룡이 몇 개의 명령을 내렸기 때문에 외문총관 풍건과 내문총관 한림을 비롯하여 전체 당주들이 바쁘게 움직이고 있다.

풍건은 영웅문 내에서 진두지휘를 해야 하기 때문에 자리를 지키고 있다.

하지만 현수란과 손록, 태동화 등 항주 본토박이 당주들은 절강성과 강서성, 복건성까지 방파와 문파들을 불러 모으기 위해서 영웅문 안팎에서 눈코 뜰 새 없이 바쁘다.

진검룡은 영웅문에 남아 있는 사람들 중에서 지위가 높거나 최측근 인물부터 한 명씩 차례대로 임독양맥을 소통시켜 주겠다는 계획이다.

그들의 공력이 두 배 가까이 증진한다면 이번 싸움에 크게 활약을 하게 될 터이다.

진검룡이 곤산당으로 들어서자마자 익숙하게 이 층으로 올라가는데 지키고 있는 호위고수들이 화들짝 놀라서 급급히 예를 취했다.

"주군을 뵈옵니다!"

진검룡은 이 층에 올라서자 풍건에게 보고하러 가는 수하보다 앞서 풍건의 집무실로 가며 손을 저었다.

"너는 일 봐라."

그는 집무실 밖에서 가볍게 헛기침을 했다.

"험! 총당주 있나?"

문 안쪽에서 우당탕거리는 소리가 나더니 곧 문이 급하게 벌컥 열리고 풍건이 모습을 드러냈다.

"주군께서……!"

풍건 이하 총관 직속과 곤산당 중간급 간부들이 놀라서 급히 예를 취했다.

진검룡은 즉시 안으로 들어가면서 말했다.

"총관만 들어오게."

"넵!"

진검룡이 앉은 의자 앞에 풍건이 부동자세로 뻣뻣하게 서서 몹시 긴장한 표정이다.

"자네 공력이 어느 정도인가?"

느닷없는 물음에 풍건은 흠칫했다가 대답했다.

"백… 오십 년 됐습니다."

진검룡의 표정이 밝아졌다.

"오! 애썼군."

풍건의 원래 공력은 백이십 년이었는데 영웅문에 들어와서 밤낮없이 무공연마를 하여 삼십 년을 증진시킨 것이니 어찌 애쓰지 않았겠는가.

"자네, 무슨 심법이지?"

"태상문주께서 전수하신 자령심공(紫靈心功)으로 바꿔서 공력을 전부 그것으로 옮겼습니다."

진검룡은 손바닥으로 무릎을 치며 격절탄상했다.

"잘했다."

청성파의 정통심법인 자령심공은 순수하고 정심하기에 풍건의 임독양맥이 소통된다면 아마도 두 배 이상 공력이 증진될 것이다.

풍건은 그가 어째서 그런 것들을 묻고 또 기뻐하는 것인지 이유가 궁금했으나 감히 묻지 못했다.

　진검룡은 그를 오래 궁금하게 하지 않았다.

　"내가 자네 임독양맥을 소통시켜 줄 거야."

　"……."

　풍건은 무슨 말인지 알아듣지 못했다. 아니, 말은 알아들었지만 의미를 해석하지 못했다.

　진검룡은 그가 이해하기 쉽도록 설명했다.

　"수란 알지?"

　"누군지……."

　"십엽당주 현수란 말이야."

　"아, 압니다."

　"내가 임독양맥 소통해 줘서 공력이 급증했어."

　"아……."

　그런데도 풍건은 긴가민가하는 표정을 지을 뿐이지 믿지 못했다.

　진검룡은 그의 표정을 보고는 어깨를 으쓱했다.

　"자네, 양맥을 소통시켜 준다는데 싫은 건가?"

　풍건은 정신이 번쩍 들어 두 손을 마구 저었다.

　"아, 아닙니다! 그럴 리가 있겠습니까?"

　"그런데 왜 떨떠름한 얼굴인가?"

　"제가 어찌 감히……."

반시진 후에 진검룡은 풍건의 임독양맥 소통을 끝내고 운공조식에 들어갔다.

집무실 바닥에는 진검룡과 풍건이 조금 떨어져서 가부좌의 자세로 운공조식을 하고 있다.

진검룡은 풍건의 임독양맥을 소통시켜 주느라 공력을 많이 소모했기에, 풍건은 임독양맥이 소통된 이후의 첫 번째 운공조식이다.

풍건은 연속 세 번의 운공조식을 끝내고 긴 한숨을 내쉬면서 눈을 떴다.

"후우……."

그는 너무나 기뻐서 가슴이 폭발할 것만 같았다. 임독양맥의 소통으로 공력이 정확하게 두 배인 삼백 년으로 급증했기 때문이다.

그가 바닥에 앉은 채 자신의 허벅지를 한 번 세게 꼬집어보니까 무지하게 아프다.

이것은 꿈이 아니다. 그의 공력이 삼백 년으로 급증한 것이 사실인 것이다.

그는 두리번거리다가 자신에게서 석 자 떨어진 바닥에 앉아서 운공조식을 하고 있는 진검룡을 발견했다.

진검룡은 머리에서부터 발끝까지 온몸이 땀으로 흠뻑 젖었다. 옷에서 떨어진 땀이 바닥을 홍건하게 적셨다.

진검룡은 운공조식을 하고 있는 중에도 어깨를 크게 들썩거리면서 거친 호흡을 하고 있다.

풍건은 진검룡의 그 모습을 보고 그가 자신의 임독양맥을 소통해 주느라 얼마나 힘들었는지 짐작이 갔다.

풍건은 조심스럽게 무릎을 꿇고 진검룡을 향해 부복하여 깊이 고개를 숙였다.

'다시 태어나도 당신을 주군으로 모시고 싶습니다.'

풍건은 자신이 진검룡을 만난 이후 지금까지의 일들이 주마등처럼 뇌리를 스치고 지나가자 감회가 새로웠다.

그는 진검룡을 만나 새로운 제이의 삶을 시작하게 된 것을 한 번도 후회한 적이 없었다.

오히려 과거 검황천문의 지배하에 있었을 때에 비하면 영웅문 생활은 그와 가족들에게는 천국이나 다름이 없었다.

이곳에서는 아무것도 걱정할 것이 없다. 풍건을 비롯한 곤산당 수하들과 가족까지 수백 명이 너무도 풍족한 생활을 하고 있다.

곤산당 수하들 평균 녹봉이 은자 백 냥인 데다 영웅문에서 모든 식량을 비롯한 생필품들을 골고루 지급하기 때문에 녹봉을 쓸 곳이 없어서 차곡차곡 모으고 있다.

그런데 풍건은 오늘 전혀 예상하지 않았던 임독양맥의 소통으로 공력이 두 배나 급증하는 은혜까지 입었으니 정말이지 그로서는 삼생을 산다고 해도 진검룡의 은혜를 갚지 못할 것 같았다.

풍건은 한참이나 부복해 있다가 일어나서 한쪽 옆에 조용히 서서 진검룡의 운공조식이 끝나기를 기다렸다.

진검룡은 쌍영웅각으로 향하다가 어디를 바삐 가고 있는 훈용강, 동방도혜와 마주쳤다.

"어딜 가느냐?"

훈용강과 동방도혜는 즉시 예를 취했다.

"복건성에 가려고 합니다."

진검룡이 복건성의 신해문 잔재세력을 찾아보고 있으면 모아서 데려오라고 훈용강에게 지시했었다.

훈용강 옆에는 동방도혜가 세상을 다 가진 듯 행복한 미소를 지으며 서 있다.

"내일 가고 지금은 날 따라와라."

"네."

진검룡은 훈용강이 혼자 따라오는 것을 보고 동방도혜를 가리켰다.

"혜아도 같이 와라."

"네!"

동방도혜는 큰 소리로 대답하고 깡충깡충 뛰어왔다.

＊　　　＊　　　＊

"네에?!"

훈용강과 동방도혜는 혼비백산하도록 놀랐다.

진검룡이 지금부터 두 사람의 임독양맥을 소통시켜 준다니까 놀라는 것이 당연하다.

훈용강은 입안이 바싹 마르는 것을 느꼈다. 진검룡이 말하는 것이니까 믿어야겠지만 너무 엄청난 일이라서 쉽게 믿어지지가 않았다.

훈용강과 동방도혜는 타인의 임독양맥을 소통시켜 주는 일이 거의 불가능한 것으로 알고 있다.

훈용강은 사파제일인이며 자신의 사부인 구주사황(九州邪皇)도 타인은 물론이고 스스로의 임독양맥을 소통시킬 능력이 없는 것으로 알고 있다.

그러려면 시술자가 심후한 공력을 지니고 있어야 하는 것은 물론이고 임독양맥 소통을 위한 매우 수준 높은 의술적 지식을 갖고 있어야 가능한 일이다.

훈용강은 조심스럽게 물었다.

"주군께서 정말 임독양맥을 소통하실 수 있습니까?"

"그래."

타인의 임독양맥을 소통시켜 주거나 스스로 자가 소통 하다가 주화입마에 들어서 죽거나 폐인이 됐다는 소문이 무림에 심심치 않게 들리고 있다.

임독양맥을 소통하여 단번에 일약 절정고수가 되는 것은
무림인 모두의 간절한 염원이다.

그렇지만 임독양맥 소통에 성공했다는 소문을 들은 적은
한 번도 없었다.

하기야 임독양맥의 소통 같은 것은 성공하면 일약 절정고
수나 초극고수가 되니까 비밀에 부쳐지고, 실패하면 죽거나 폐
인이 되므로 소문이 날 수밖에 없다.

그러니까 성공한 사람이 아무도 없는 것처럼 여겨지는 것
이 당연하다.

"나를 믿지 못하는 것이냐?"

"솔직하게 말씀드리면 그렇습니다."

훈용강은 언제나 솔직한 성격이다. 할 말을 못 해서 나중에
끙끙 속을 끓이기보다는 제때에 바른 소리를 잘한다.

진검룡은 자신이 현수란과 풍건의 임독양맥을 소통해 주었
다고 말하면 훈용강이 즉시 믿을 텐데도, 그가 진검룡 면전에
서 아예 대놓고 믿지 못한다고 하니까 은근히 얄미워서 그 사
실을 말해주지 않았다.

"그래서 할 테냐 말 테냐?"

훈용강은 다부진 표정을 지었다.

"하겠습니다."

그는 주먹을 움켜쥐었다.

"속하의 목숨은 주군의 것입니다."

임독양맥을 소통시켜 준다니까 죽음을 각오한다고 말해서 진검룡은 어이가 없었다.

훈용강이 이렇게 나온다고 해서 그의 임독양맥을 소통시켜 주지 않을 수는 없는 일이다. 그렇다면 골탕을 좀 먹여주는 것이 좋다.

"혜아 먼저 하자."

"네?"

진검룡의 말에 훈용강은 화들짝 놀랐다.

"왜? 혜아는 하지 말까?"

"혜 매는 하지 않는 것이……."

"저부터 해주세요, 주군."

훈용강이 동방도혜는 임독양맥 소통을 시키지 않겠다고 말하려는데 그녀가 불쑥 끼어들어 하겠다고 말했다.

"혜 매!"

"주군께서 임독양맥을 소통시켜 주신다는데 당신은 기쁘지 않으세요?"

"……."

동방도혜가 임독양맥 소통의 위험성에 대해서 전혀 모르는 것 같아서 훈용강은 답답하기만 했다.

진검룡은 침상이 있는 침실로 걸어가며 말했다.

"그럼 혜아 먼저 하자."

"네."

"주군! 속하부터 하겠습니다!"

동방도혜가 대답하고 훈용강이 급히 외쳤다.

동방도혜가 앞으로 성큼 나섰다.

"제가 먼저 하겠어요."

"옷 벗어라."

"네?"

동방도혜는 깜짝 놀랐다.

훈용강도 놀랐으나 임독양맥을 소통하려면 옷을 다 벗고 알몸으로 한다는 것은 상식이다.

하지만 진검룡은 공력이 심후하고 일반적으로 임독양맥을 소통하는 방식이 아니라서 옷을 입은 채 해도 된다.

척!

진검룡이 침실 문을 열고 들어가자 동방도혜는 훈용강을 보면서 머뭇거렸다.

진검룡이 아무리 주군이라고 해도 외간 남자인데 정인이나 남편 이외의 남자 앞에서 알몸이 된다는 것이 꺼려지는 것이 당연하다.

훈용강은 입술을 굳게 다물고 복잡한 표정을 지었다가 곧 고개를 끄떡이면서 들어가라고 손짓을 했다.

진검룡은 주군이며 이들 두 사람에게 모든 것을 다 주었으며, 더구나 욕을 보이려는 것이 아니고, 임독양맥 소통을 위해서인데, 알몸 정도 되는 일을 꺼린다는 것 자체가 주군에 대한 불경이라고 생각하는 훈용강이다.

며칠 전에 영웅문에 처음 왔을 때 동방도혜는 부옥령에게 일장을 당해서 저승의 문턱까지 넘었는데 진검룡이 치료해서 극적으로 살아난 적이 있었다.

그 일로 인해서 오빠 동방해룡과 함께 진검룡을 주군으로 모시기로 했는데 이제 와서 그의 앞에서 옷을 벗는 것이 무슨 문제겠는가.

하물며 임독양맥 소통을 위해서 벗는 것이라면 하등의 문제 될 일이 없다는 것이 그녀의 생각이다.

탁!

동방도혜가 등 뒤로 문을 닫고 침실로 들어가자 진검룡이 침상을 가리켰다.

"옷 다 벗고 침상에 누워라."

동방도혜가 침상 앞으로 다가가서 옷을 벗으려는데 진검룡이 손을 뻗어 그녀의 팔을 잡고 전음을 보냈다.

[옷 벗지 않아도 된다.]

"……?"

[용강 저놈 골려주려고 그러는 거다.]

"아……."

동방도혜는 진검룡이 왜 훈용강을 골려주려는 것인지 즉시 깨달았다.

[저놈, 지금 문에 귀 대고 있을 거야.]

동방도혜는 웃음이 나오려는 것을 겨우 참으면서 문을 쳐다보았다.

[너는 옷 벗는 시늉을 하면서 옷 입은 채로 침상에 누워라.]

[네.]

진검룡 말처럼 훈용강은 문에 바싹 붙어서 긴장한 얼굴로 잔뜩 귀를 기울이고 있다.

문 안쪽에서 동방도혜가 옷을 벗는 부스럭거리는 소리가 나더니 뒤이어서 침상에 올라가는 소리가 들려서 훈용강은 더욱 긴장했다.

그러나 그는 동방도혜가 진검룡 앞에서 옷을 벗는 것보다 임독양맥 소통을 한다는 사실이 더 걱정스러웠다.

그로부터 반시진 동안 그는 그 자리에서 꼼짝도 하지 않고 땀을 뻘뻘 흘리면서 문 안쪽의 동정을 살폈다.

그로부터 두 시진 후, 훈용강과 동방도혜, 그리고 정향까지 세 사람의 임동양맥을 차례로 소통시켜 준 진검룡은 그야말로 기진맥진했다.

처음에는 훈용강과 동방도혜만 임독양맥을 소통시켜 주려고 했었는데 가만히 생각하니까 만약 정향이 알게 되면 몹시 섭섭해할 것 같았다.

동방도혜와 정향 둘 다 훈용강의 여자인데 누군 해주고 누군 안 해주면 당연히 섭섭할 것이다.

그래서 뒤늦게 정향을 오라고 해서 임독양맥을 소통시켜 주었던 것이다.

반시진 후, 서너 차례 운공조식을 하고 일어선 훈용강과 동방도혜, 정향은 너무 기뻐서 천장을 뚫고 하늘로 솟구쳐 오를 것만 같았다.

세 사람 모두 공력이 급증하여 평균 공력이 삼백칠십 년에 이르렀다.

훈용강은 원래 공력이 백팔십 년이었는데 영웅문에 들어온 이후 꾸준히 무공연마를 해서 이백십 년이 되었다.

그는 영웅문에 입문한 이후부터 심법을 청성파의 자령심공으로 바꿔서 익혔다.

그러나 워낙 사파무공이 몸에 깊이 배어 있는 탓에 임동양맥이 소통되었어도 두 배까지는 공력이 증진되지 않고 조금 못 미치는 삼백팔십 년이 되었다.

정향은 삼백육십 년이고 동방도혜는 훈용강보다 높은 사백십 년이 됐다.

세 사람은 솟구치는 기쁨을 서로의 손을 꼭 잡은 채 간신히 억누르고 있다.

왜냐하면 저만치 바닥에 진검룡이 거의 초주검이 된 모습으로 운공조식을 하고 있기 때문이다.

진검룡은 아까 풍건의 임독양맥을 소통시켜 주었을 때도

공력 소모가 컸었는데, 이번에는 한꺼번에 세 사람을 해주었으므로 혼절하지 않은 것이 기적일 정도다.

아무리 진검룡이라고 해도 하루에 한 명 임독양맥을 소통해 주는 것이 적당한데 무려 네 명이나 해주었으므로 탈진하는 것이 당연하다.

그런데 그때 운공조식을 하고 있는 진검룡의 몸이 옆으로 스르르 기울어지더니 바닥에 쓰러졌다.

"앗! 주군!"

"아앗!"

세 사람은 혼비백산해서 급히 진검룡에게 모여들었다.

소식을 듣고 민수림과 부옥령이 간발의 차이로 태풍처럼 들이닥쳤다.

왈칵!

"검룡!"

"주군!"

훈용강과 동방도혜, 정향은 급히 옆으로 비켜서고 민수림과 부옥령이 침상 옆으로 구르듯이 달려왔다.

민수림이 진검룡에게 달려들어 맥을 짚는 바람에 옆으로 밀린 부옥령은 훈용강 등에게 잡아먹을 것 같은 얼굴로 으르딱딱거렸다.

"어떻게 된 일이냐?"

훈용강이 공손히 읍하고 대답했다.

"주군께서 저희들의 임독양맥을 소통시켜 주시고 나서 운공 조식을 하시다가 갑자기 혼절하셨습니다."

"너희들 세 명을? 쉬지도 않으시고?"

"그렇습니다."

"아이고, 맙소사……!"

부옥령은 해쓱해져서 손으로 이마를 짚으며 넋 나간 표정을 지었다.

그녀는 임독양맥 소통이 얼마나 힘든 일인지 알기에 필경 진검룡에게 무슨 일이 났을 것이라고 짐작하니까 온몸에 맥이 풀려서 주저앉을 것만 같았다.

"아아… 한 사람 임독양맥을 소통시켜도 녹초가 되는데 세 명을 쉬지 않고 하셨으니 저 지경이 되셨지."

민수림이 진검룡의 맥을 놓으며 부옥령을 꾸짖었다.

"조용해라."

부옥령은 입을 다물고 고개를 숙였다.

훈용강 등 세 사람은 침상가에 나란히 있는 민수림과 부옥령을 보면서 지금이 어느 상황인지도 잊은 듯 감탄을 금하지 못했다.

민수림과 부옥령 둘 다 우열을 가리기 어려울 정도로 천하 절색의 미모를 지녔기 때문이다.

동방도혜와 정향은 자신들 미모에 대한 자부심이 대단하지만 민수림과 부옥령 앞에서는 월광 앞의 반딧불이처럼 빛을 잃는 것 같았다.

민수림은 손을 내저었다.

"이분은 내가 돌볼 테니까 다들 나가라."

그녀는 진검룡이 걱정되어 모든 게 귀찮았다.

훈용강이 조심스럽게 물었다.

"주군께선 괜찮으십니까?"

"주무시는 것이다."

"아……."

그제야 훈용강 등은 크게 안도하여 공손히 허리를 굽히고는 밖으로 나갔다.

세 사람은 자신들의 근무지인 충혈당과 한매당으로 향하고 있다.

· 임독양맥을 소통하느라 시간을 지체했지만 지금이라도 인원을 이끌고 출발하려는 것이다.

"저는 아직도 꿈을 꾸는 것만 같아요."

동방도혜가 감격과 기쁨이 범벅된 표정으로 노래하듯이 중얼거렸다.

"제 공력이 이렇게나 급증하다니……."

"혜 매는 얼마나 증진됐지?"

"무려 사백십 년이에요."

"굉장하군. 축하해, 혜 매."

사백십 년 공력이면 모르긴 해도 천하 전체 무림에서 백 명 안에 꼽히는 초극고수일 것이다.

훈용강이 자신의 일처럼 진심으로 기뻐해서 동방도혜는 더 기뻤다.

정향은 눈물까지 흘렸다.

"주군의 은혜를 어찌 다 갚아야 할지 모르겠어요……."

그녀는 어깨를 들먹였다.

"저는 검황천문에서 언제나 찬밥 신세에 천덕꾸러기였는데 영웅문에 와서 제 인생을 찾았어요……!"

훈용강이 어깨를 감싸주자 정향은 감격하여 더 울었다.

"이곳에서 강 랑을 만나서 사랑을 얻고… 주군께 하늘 같은 은혜를 입어서 하루하루가 꿈인지 생시인지 모를 만큼 행복한 나날을 보내고 있어요……!"

동방도혜가 눈물을 글썽이며 훈용강에게 말했다.

"강 랑은 주군께서 제 옷을 벗긴 줄 알고 계시죠?"

훈용강은 벙긋 웃었다.

"괜찮아. 주군께서 혜 매 임독양맥을 소통시켜 주시느라 그랬는데 뭐."

"아니에요. 저 옷 입은 채로 임독양맥 소통했어요."

"그래?"

자세한 내용을 모르는 정향이 눈물을 닦으며 말했다.

"저도 옷 입고 했어요. 그게 뭐가 어떤가요?"

동방도혜는 배시시 미소 지으며 설명해 주었다.

"아까 강 랑이 주군의 말을 믿지 않아서 얄미워서 골리느라 그러셨대요."

"아……."

훈용강은 쇠망치로 뒤통수를 강하게 얻어맞은 것 같은 충격을 받았다.

"그러셨어……?"

그는 아까 자신이 진검룡 앞에서 얼마나 어깃장을 부렸는지 새삼스럽게 기억이 나는 바람에 쥐구멍이라도 들어가고 싶은 심정이다.

그에 비해서 동방도혜는 얼마나 의젓하게 대처했는가. 그래서 훈용강은 그녀 보기에 부끄럽기 짝이 없다.

훈용강은 고개를 숙였다.

"미안하다… 혜 매, 향 매."

동방도혜는 훈용강의 손을 잡고 위로했다.

"우리 앞으로 주군께 더욱 충성해요, 네?"

*   *   *

진검룡이 눈을 뜨자 민수림과 부옥령이 동시에 외쳤다.

"검룡!"

"주인님!"

진검룡은 눈을 껌뻑거렸다.

"어……."

그는 침상에서 부스스 내려오며 물었다.

"용강하고 혜아는……?"

민수림이 흘러내린 진검룡의 머리카락을 쓸어 넘겨주며 온화하게 말했다.

"복건성으로 출발하겠다고 나갔어요."

민수림은 진검룡 옆에 나란히 앉아서 그의 손을 쓰다듬으며 온화하게 말했다.

"오늘은 그만 쉬어요."

오늘만 해도 몇 명의 임독양맥을 소통시켜 주었는가. 피곤이 하늘 무게로 내려앉았다.

진검룡은 민수림 어깨에 고개를 기댔다.

"그래야겠습니다."

부옥령이 횅하니 밖으로 나가며 말했다.

"제가 술상 볼게요."

진검룡은 그대로 가만히 있으면서 눈을 감았다.

"수림, 사랑합니다."

"나도요."

민수림은 아름답게 미소 지으면서 그의 뺨을 부드럽게 쓰다듬었다.

진검룡은 꿈을 꾸듯 혼곤한 기분이 들었다.

다른 때 같으면 이런 상황에 민수림에게 엉큼한 짓을 하려고 머리를 굴렸을 텐데 지금은 그런 잡생각 따위 조금도 들지 않았다.

그냥 이대로가 좋을 뿐이다.

쌍영웅각 휴게실에 술상이 차려졌을 때 강비가 적의 동태를 보고하러 왔다.

적들이 강소성과 절강성의 접경지역에서 남하하고 있다는 것이다.

"적들이 항주 외곽에 다 집결하려면 최소 닷새는 걸릴 것으로 예상합니다."

"알았다."

강비가 물러가자 부옥령이 진검룡과 민수림 잔에 공손히 술을 부었다.

닷새면 시간이 빠듯하다. 닷새 전에 절강성 전역의 방파와 문파들, 그리고 복건성의 신해문, 강서성의 조양문 일이 해결되면 좋겠지만 그게 안 되면 싸움이 어려워질 것이다.

민수림이 술 한 잔을 마시고 나서 진검룡에게 말했다.

"내일 아침에 내 임동양맥을 소통해 주세요."

진검룡은 반색했다.

"그러겠습니까?"

"지금보다는 임독양맥을 소통하는 쪽이 더 고강해질 테고 그러면 싸움에 도움이 되겠지요."

"당연하지요."

민수림이 이렇게까지 나오는 것은 이번 싸움이 쉽지 않을 것이라고 예상하기 때문이다.

부옥령이 두 사람 잔에 다시 술을 부으며 의아한 표정을 지으며 물었다.

"아까 보니까 훈용강하고 동방도혜, 그리고 정향 세 사람이 사이가 좋던데, 그들은 무슨 관계인가요?"

진검룡이 아무렇지도 않게 대답했다.

"혜아와 향아가 용강의 부인이다."

부옥령은 깜짝 놀랐다.

"맙소사……! 설마 훈용강이 두 여자를 부인으로 거느리고 있다는 말씀이신가요?"

"그래."

"어떻게 그럴 수가 있죠?"

진검룡은 어깨를 으쓱했다.

"혜아와 향아 둘 다 용강을 사랑하잖아. 그럼 됐지. 문제가 있겠어?"

부옥령이 쳐다보니까 민수림은 배시시 미소 지으며 긍정적인 표정을 지었다.

부옥령이 떠보듯이 두 사람에게 물었다.

"두 분 생각은, 한 남자가 두 여자를 거느리는 것이 가능한 거예요?"

진검룡과 민수림은 고개를 끄떡였다.

"사랑한다면 충분히 가능하지."

"남자가 두 여자를 사랑하고, 두 여자가 서로 다투지 않는다면 가능한 일이야."

웬일인지 부옥령의 눈이 반짝거렸다.

진검룡이 부옥령에게 턱으로 앉으라는 시늉을 했다.

"너도 앉아서 같이 마시자."

진검룡이나 민수림은 모든 면에서 후하지만 술자리에서는 특히 더 자비롭다.

진검룡 오른쪽에 민수림이 나란히 앉아 있는데 부옥령이 냉큼 진검룡 왼쪽에 앉았다.

맞은편에도 자리가 있는데 굳이 진검룡 옆에 앉았지만 두 사람은 개의치 않았다.

그때부터 부옥령은 진검룡이 두 아내를 거느리게 되었으며, 자신이 그의 두 번째 부인이라는 망상과 착각에 빠져서 술이 어디로 들어가는지도 모르게 마셨다.

술을 마시다가 민수림이 진검룡을 보며 물었다.

"검룡은 간부급들 다 임독양맥 소통시켜 주려는 건가요?"

진검룡은 술잔을 비우고는 대답을 하지 않고 입을 크게 벌린 채 가만히 있었다.

그가 무엇을 원하는지 알고 부옥령이 얼른 젓가락으로 안주를 집으려는 것을 진검룡이 탁자 아래로 그녀의 허벅지를 꽉 잡았다.

민수림이 안주를 집어주기를 바라는 거니까 그러지 말라는 뜻이다.

'아……'

부옥령은 허벅지가 찌르르해서 가만히 있고, 민수림은 진검룡의 의도를 알아차리고 고기 한 점을 젓가락으로 집어서 입에 넣어주며 눈을 곱게 흘겼다.

진검룡은 흡족하게 웃으면서 우물우물 씹으며 말했다.

"그렇습니다. 그래야지만 이번 싸움에 적들을 물리칠 수 있을 테고 영웅문이 지금보다 훨씬 강해져야만 검황천문이 괴롭히지 않을 겁니다."

민수림은 화사하게 미소 지었다.

"그럼 여자들은 내가 맡겠어요."

진검룡은 기쁜 표정을 지었다.

"수림이 해준다는 겁니까?"

"네."

민수림은 다른 여자들처럼 튕긴다거나 말을 에둘러서 하는 법이 없다.

지금 같은 경우에는 '왜요? 제가 하면 싫은가요?'라고 되물을 수도 있을 텐데 절대 그러지 않는다. 그런 점에서 그녀는 격이 다른 여자다.

진검룡은 희색만면해서 민수림 잔에 술을 부었다.

"하하하! 정말 고맙습니다. 살았습니다. 제 술 한잔 받으십시오."

두 사람은 화기애애하게 대화를 나누면서 술을 마시고, 부옥령은 이 자리에 없는 사람처럼 취급했다.

그래도 부옥령은 좋았다. 진검룡의 커다란 손이 그녀의 허벅지 위에 올려져 있는 한.

부옥령이 조심스럽게 말했다.

"저도 임독양맥 소통을 도울까요?"

진검룡이 기쁜 얼굴로 물었다.

"할 수 있겠어?"

"방법을 가르쳐 주세요. 해볼게요."

진검룡은 힘이 불끈 났다.

"알았어."

꽈꽝!

"끄아악―!"

엄청난 폭음과 함께 청랑이 죽을 것처럼 처절한 비명을 지르면서 온몸을 마구 푸들푸들 떨어댔다.

부옥령은 진검룡에게 임독양맥을 소통하는 방법을 배운 다음에 첫 번째 시험 대상으로 청랑을 선택했다.

과연 부옥령은 타의 추종을 불허할 정도의 뛰어난 오성을 지녔기에 한 시진이라는 빠른 시간에 임독양맥을 소통하는 방법을 완벽하게 터득하고 청랑의 임독양맥을 소통하겠다고 나선 것이다.

그런데 순조롭게 잘 진행되는 듯하다가 마지막 순간에 막혀 있는 임맥과 독맥 끝의 혈도들을 향해 전 공력으로 돌진해 갔는데 굉음과 함께 청랑이 처절한 비명을 지르면서 쓰러진 것이다.

저만치 날아가 바닥에 쓰러진 청랑은 몸을 길게 뻗은 채 코와 입, 귀에서 검붉은 피를 뿜어내며 전신을 부들부들 격렬하게 떨고 있다.

민수림이 다급히 외쳤다.

"주화입마예요!"

진검룡이 급히 부옥령을 보니까 그녀는 가부좌로 앉은 채 안색이 창백하고 코와 입에서 실핏줄이 흐르고 있는데 그녀도 주화입마인 것 같았다.

민수림이 청랑을 살피다가 급히 외쳤다.

"랑아가 위험해요! 죽어가고 있어요!"

진검룡은 자신에게서 가까운 곳에 있는 부옥령에게 다가가
며 급히 외쳤다.

"수림이 살려보십시오! 저는 령아를 구하겠습니다!"

민수림의 체내에도 순정기가 있으므로 청랑을 살릴 수 있
을 것이라고 믿었다.

민수림은 얼른 청랑 옆에 무릎을 꿇고 앉아서 그녀를 굽어
보며 물었다.

"어떻게 하죠?"

"랑아의 몸에 손바닥을 밀착시키고 천천히 순정기를 주입하
십시오."

진검룡은 민수림을 쳐다볼 여유 없이 부옥령의 손목을 잡
고 맥을 재보았다.

그녀는 맥이 불규칙하고 체내에서 진기와 원기, 공력이 제
멋대로 날뛰고 있었다.

그것을 급히 진정시키지 않는다면 몸의 구멍이란 구멍에서
피가 뿜어져 나올 것이다.

그렇게 되면 걷잡을 수 없게 돼버린다. 그녀가 아무리 반로
환동을 했다지만 어차피 인간이다.

"아… 나는 안 돼요."

그때 민수림이 청랑에게서 손을 떼고 안타까운 표정으로
진검룡을 바라보았다.

진검룡은 자신과 민수림이 똑같은 능력을 지녔는데 그녀가 방법을 몰라서 그러는 것이라고 생각했다. 그는 되는데 그녀가 안 될 리가 없다.

그러나 지금은 민수림에게 자세히 가르칠 겨를이 없으므로 진검룡이 청랑에게 급히 다가갔다.

어느 누가 봐도 부옥령보다 청랑이 훨씬 더 위급하므로 그녀부터 치료해야 한다.

그는 청랑의 몸을 자세히 살피면서 몸을 뒤집어보았으나 피가 흐르는 곳은 얼굴뿐이었다.

몸의 어느 부위가 터져서 피가 흐른다면 그곳부터 봉해야 하기 때문에 시간이 지체되고 그러다가는 자칫 청랑이 잘못될 수도 있다.

진검룡은 청랑을 똑바로 눕히고 그녀의 상의 앞섶을 찢듯이 양쪽으로 활짝 젖혔다.

찌이익!

아기 손바닥 크기의 작은 천 쪼가리가 풍만한 가슴을 덮고 있을 뿐 마른 듯 가냘픈 상체가 드러났다.

그는 청랑 배에 두 손바닥을 밀착시켰다. 그의 손이 워낙 크고 청랑의 배가 가늘어서 배를 온통 다 덮었다.

이어서 그는 두 손을 천천히 움직이면서 진기를 주입하여 몸속의 상태를 살폈다.

민수림은 옆에서 눈도 깜빡이지 않고 그가 하는 것을 뚫어지게 지켜보았다.

과연 진검룡의 예상대로 청랑은 내장과 장기가 터지고 끊어져서 난리가 아닌 상태다.

민수림은 진검룡의 표정이 심각한 것을 보고 조심스럽게 물었다.

"심한가요?"

"내장과 장기가 다 터졌습니다."

"치료할 수 있나요?"

"할 수 있을 겁니다."

그는 이보다 더 심한 상태의 사람도 여럿 살려낸 경험이 있었다.

민수림은 부옥령을 보면서 씁쓸한 표정을 지었다.

"난 옥령을 치료할 수도 없을 것 같아요."

민수림이 청랑을 치료하지 못한다면 부옥령도 치료하지 못하는 것이다.

진검룡은 청랑을 치료하는 일에 전념했다.

청랑은 이미 혼절하여 축 늘어졌다. 얼굴은 피범벅이라서 귀신 같은 몰골이다.

진검룡의 두 손바닥에서 순정기가 파도처럼 청랑의 체내로 스며들었다.

　청랑의 몸이 미미하게 꿈틀거렸다. 순정기가 그녀 체내의
끊어진 장기와 내장들을 원상 복귀 시키는 것이다.

『붕정대연가(鵬程大戀歌)』9권에 계속…